人間、最後はひとり。

吉沢久子

さくら舎

はじめに――思ってもいないことが起こり

先日のこと、ちょっと疲れたという感じだったので、仕事を切りあげ、ベッドに入ったのですが、それからが、思いもよらない胸痛で、びっくりするやら、それに耐えることで精いっぱいでした。

あいにく三連休の初日で、ふだん健康相談や検診をしていただいているホームドクターもお休みだろうと、あれこれ考えながら、以前、その先生にお願いしてニトロ(ニトログリセリン)を五錠いただいていたことを思い出したのです。

私の父は狭心症《きょうしんしょう》という病気で亡くなっています。亡くなり方も、ふだんのとおり小樽《おたる》の家から札幌の会社へ出て、帰りの電車の中で息苦しくなり、小樽の駅近くのかかりつけのお医者さんのところまで行き、そこで亡くなったと聞いています。

私たちきょうだいは、東京に住んでいたので、あとで聞いたことです。そういうことを聞いていたので、私もときに胸の痛みを感じたこともあったと、ホームドクターにお願いして救急用にいつもバッグに入れているニトロを、初めて使用してみました。舌下錠《ぜっかじょう》であることは教えてもらっていましたので、すぐ飲みこむことはしませんでしたが、なかなか効《き》いてくれず、続けて飲んでいいかどうかもわからず、二時間後にもう一錠を口にして、やっと痛みはおさまりましたが、初めての体験でしたので、いろいろなことを考えさせられました。

九十六歳まで、病気という病気もしないで、入院したこともないということは、こういうときどうしたらいいかを全然経験していないので、処置についてはまったく無知であることを思い知らされました。

また、健康なときには何でもなくできることが、ひどくつらかったり、自分が実に弱いものだということもわかり、九十六歳としては、まことに遅い自覚でした。

「丈夫で長持ち」だけがとりえの私も、そんなことに見舞われましたので、皆さまもどうぞご注意を。

吉沢久子《よしざわひさこ》

●目次

第二章　家族や先輩が教えてくれたこと

第三章　ひとりを存分にたのしむ私の暮らし方

人間、
最後は
ひとり。

第一章 「いま」がなにより大事

人生で最高の時間

世の中のほとんどの人は、いつまでも若くありたいと願っています。

健康食品のテレビコマーシャルでは、おじいさんがガッツポーズをして「若いものには、まだまだ負けけん」なんてやっていますし、女性向けの雑誌やテレビ番組では、ひんぱんに「若返り」のための健康法や美容法を取りあげています。

けれども、決してやせがまんをしているわけではなく、私は九十六歳のいまがいちばんしあわせです。

家族と暮らしていたときの私は、自分のために何かをするということが、ほとんどありませんでした。

仕事はもっていたものの、外に出ていても家にいる夫や姑《しゅうとめ》のことが気にかかり、家に帰れば自分のことはそっちのけで、急いで夕食の準備に取りかかる。

自分のために料理をするとか、自分の希望で家族旅行を計画するといったことはまずなく、外とのおつきあいも、家族によかれと思ってしてきたことでした。

おそらくそれは、私の生《お》い立ちにも関係しているのでしょう。

両親は私が赤ん坊のころに離婚し、私は家庭の味を知らずに大人になりました。その後、それぞれの親は再婚し、私は父方の家族になりましたが、どちらの家族に入ることもためらわれたのです。

だから自分が家庭をもったときには、「自分よりも〝家族〟としての家を大事にしたい」という思いが強く働いたのかもしれません。

家族を見送り、ひとりになった六十六歳のとき、私は思いがけず「ひとりの自由」というものを知りました。

自分の判断でものごとを決め、自分の責任で生きる。

やってみれば、これは私にとっても何とも気持ちのよい暮らし方で、私の前半生には望めないことでした。そして、ひとりでの暮らしを続けることで「自分のために行動する」ということが少しずつ身についていったのだと思います。

失ったものはほしがらず、よく働き、よく食べ、よく眠る。

つつましく満ち足りた毎日を送っているせいか、ストレスのないいまは最高にしあわせです。ひとり暮らしをはじめてから三十年、自分のために生きてきた日々は、私の人生の中でいちばんよい時代だったといえるでしょう。

これで、たいした病気もせずにポックリといけば、私の家族も仲のよかった異母きょうだいたちも、みんなが「待ってたよ」と迎えてくれるはずです。

なにしろ私だけが残ってしまい、「もう少し自由を味わってから行くから、待ってて」という状態なのですから。

食べることには欲張る

私は人と比べてあまり欲望がないほうだと思いますが、こと食に関しては欲張りだと自負《じふ》しています。そして、元来くいしん坊の私は、食べものの話題がいちばん好きです。食べものの話は決して他人の悪口には発展しないし、人を傷つけることもありません。

また、初対面の人でも「松江といえば、あごの野焼きが有名ですね」「そうそう」という具合に、相手の出身地から名物の話になることもあり、話の糸口としても食の話題は最適なのです。

新潟の新発田《しばた》という町へ講演に出かけたときのこと。

会場内にあった特産品の販売所で、「貴婦人」という美しい名前のお豆腐を発見しました。食いしん坊の私はつい「わあ、おいしそう」と口にしてしまった。それがどなたかに聞こえてしまったらしく、ご親切に「貴婦人」を楽屋に届けてくださったのです。

自らの農場でつくった大豆を、細かくひいて微粒子《びりゅうし》にするという製法をとっているというこのお豆腐。微粒子にするからおからは取れず、まるごとお豆腐になるのだとか。

さっそく楽屋で食べてみると、絹ごし豆腐は、つるっ、さらっとしていて実にさわやかな食感。木綿豆腐はかなりしっかりしていますが、それでいてソフトな口あたりで、どちらもとてもおいしいのです。

東京に戻ってからも、私はときどき「貴婦人」を取り寄せては、独特の味わいをたのしんでいました。すると、あるときお店の青年から電話がかかってきたのです。私が長年コラムを連載している「新潟日報」にこのお豆腐のことを書いたところ、反響があったらしく、お礼の連絡をわざわざくださったという次第。

そして、「豆乳もあるから、ぜひ飲んでみてください」というので、それではと送ってもらいました。さっそく届いた豆乳を沸《わ》かして、生湯葉《なまゆば》をとったりしていると、たったひとつのお豆腐から、どんどん世界が広がっていくことがなんだかとてもたのしく感じられ、すっかり時がたつのを忘れてしまいました。

ところで、私には日本の各地に「食べ友だち」がいます。

気に入ったお菓子やくだものを取り寄せるのも私は好きで、おいしいものを見つけたら、お互いに送りあう。そして「珍《めずら》しいお菓子を見つけたので、送りましたよ」「届きましたよ」と電話をかけあい、ひとしきり食べもの談義に花が咲くのです。ふだんはなかなか会えなくても、食べものというネットワークでつながっていると思うと、どこか温《あたた》かな気持ちになれるものです。

各地のおいしいもの、珍しいものに興味はつきませんが、その一方で日々の当たり前の食事も私はいい加減にはしたくありません。「今夜のおかずは何にしようか」「そろそろアスパラガスのおいしい季節ね」などと、ひとりであれこれ献立を考えるのもたのしく、毎日の張りあいにもなっています。そして、おいしいものをいただける、健康な食欲があることに感謝の気持ちも忘れないでいたいと思うのです。

たったひとつのぜいたく

幼いときから母親に、「おまえは器量がよくないから、目立つような派手なものは身につけないように」といわれて育った私は、およそ着るものに多大なお金をかけることはなく、必需品さえあればいいと思って暮らしてきました。夫からも安上がりな女だと冗談半分にいわれたものです。

「安く手に入るからどう?」と友だちに毛皮のコートをすすめられても、「私が毛皮を着たら、それこそ小熊そっくりだから」と断り、着物にしても、いまタンスに眠っているのは、お形見として人から譲《ゆず》り受けたものや、私たち夫婦が仲人をすると聞いて、姑が「やっぱり江戸《えど》褄《づま》くらいはもっていなければ」とつくってくれたもの。その前にもっていた着物は、戦後すぐに泥棒に入られきれいさっぱり盗まれてしまいました。

そんな私が身につけるもので、唯一のぜいたくといえば「靴《くつ》」です。とはいっても、高級なおしゃれ靴を買うのではなく、あくまでも足もとを固めるため。ちょっとした段差でつまずいたり、雨に濡れた床でバランスをくずしやすくなってからは、かかとの高い靴は履《は》かない、靴底にすべり止めのついた靴を選ぶなど、安全第一を心がけるようにしました。

そして、少しでも苦痛がなく歩けるよう、私には不釣りあいと思われる値段であっても、足に合った靴を手に入れるためにお金を惜しまないようにしてきたのです。

かつては、なじみの靴屋さんに出かけては、いろいろと履き比べて自分に合った靴を選んでいましたが、最近はひんぱんに外出することもままならなくなり、思い切ってオーダーメイドの靴を注文することにしました。

まず足の木型をつくってもらい、デザインを選んだら、あとは職人さんの手におまかせするというもので、はじめは「私にしては最高のぜいたくね」という気持ちだったのですが、やがてそれが倹約にもつながることがわかったのです。

私の家の靴箱には、少し型くずれしたり、足が太って窮屈《きゅうくつ》になったりして履かなくなった靴が何足かありました。古いけれどもまだしっかりとしているので、捨てるにはしのびないと思い大事にしまってあったものです。

あるとき、それらをまとめて手づくりの靴屋さんに見てもらいました。すると職人さんが、ひとつずつ足のあたり具合などを確かめたあと、詰めものをしたり、中敷きを替えたり、革をのばしたりといろいろと手をかけてくださり、修理が不能だと思っていた靴底もきれいに張り替えて新品のようにしてくれました。

結局、六足あまりが見事に現役によみがえって、足にぴたりと合うようになったのです。

これには感激しました。

いまでは再びレパートリーに加わった靴を履いては、それこそルンルン気分で外出をしていますし、かかった修理代は全部合わせても、靴一足を新調するよりもはるかに安かったのです。

職人さんの手でこのようなことができるというのは、ありがたい発見であり、ものを大切にするという観点からも、こういう素晴らしい技術について、私たちはもっと敬意を払うべきだと思いました。

贈りものをするとき

「きのう、菊を摘《つ》んできました。暑い日が続いたせいか、今年の花は小ぶりで花びらに厚みがなく、色も薄いようですが、気のせいかしらと思ったり。でも、今年も摘みに行くだけの元気があり、帰ってすぐに茹《ゆ》で、ああ、おいしいと食べられることに感謝しました。新鮮なうちに召しあがってください」

こんなメッセージとともに、私よりずっと若い友人が、山形名産の「もってのほか」を届けてくれました。

これは、「思いのほか」ともいわれる、美しい薄紫色をした食用菊。しゃきしゃきとした歯ごたえと、ほのかな香りが特徴で、さっと茹でた花びらを、おひたしや和《あ》えもの、酢のものにしたり、お吸いものに放してもおいしい。

若いときには知らなかった、私にとっての「ごちそう」です。

仙台の自宅から実家のある山形まで車を運転して出かけ、菊を摘んで仙台に戻ると、すぐに茹でて食卓にのせる。それができる体力があるということに、その方が感謝したくなるという気持ち、九十歳をすぎた私には、わかりすぎるほどよくわかるのです。しかも私のことを思い出してくれて、翌日には荷造りをして摘んだ菊を送ってくれる。厚意とともに、やはり気力と体力があってこその行動だと思いました。

ところで、贈りものといえば、私は盆暮れの贈答を一切しません。

夫は職業柄、上司がいるわけでもないので、お中元やお歳暮をしなくてすみました。そもそも、そういうことがあまり好きではなかったようです。その習慣もあり、私はいまだにそうした形式的な贈りものをする気になれないのです。

そのかわり、自分が食べておいしかったものを「あの人に食べさせたいな」とか、「一緒に食べたいわ」という感じで、そのときに頭に浮かんだ友人や知人、お世話になった方などに贈ることはあります。

中身は私の好きな栗きんとんだったり、かまぼこや天ぷら（じゃこてん）などさまざま。歳暮用のかまぼこなどもありますが、年末であってもふつうのかまぼこにします。

また、私には北海道の塩谷《しおや》（小樽市）に親戚があり、そこから、ふだんいただきものをしているのにお礼をしていない方などに、よい出来のものを見つくろって送ってもらう。

また、北海道産サクランボなども時期になると熊本と福井の知人にそれぞれ届けてもらいます。

というのも、くだものは何でもある熊本ですが、サクランボだけはできないということを、あるとき知ったのです。福井も同じくサクランボは採《と》れないのだとか。だったら、おいしいサクランボを存分に食べてもらおうと思ったのがきっかけです。「ご近所にもおすそわけして喜ばれている」などと聞くと、こちらの気持ちが通じたようでとてもうれしくなるものです。

遺言を書いたら気が楽になった

かつて一緒に暮らしていた姑は、九十歳をすぎてもよくひとりでデパートなどへ出かけていく元気な女性でした。ただし、外出時には必ず長男である私の夫と次男の名刺を財布に入れてもち歩いていました。

年をとると小さな段差でつまずいたり、歩いていて急に血圧が上がるなど、不慮《ふりょ》のアクシデントが起きやすくなります。そんなときに、すぐに連絡をしてもらえるように身内の者の名刺を携帯していたのです。

そんなことをいうと、「あら、ずいぶん慎重《しんちょう》ね」「何かあったらなんて縁起《えんぎ》でもない」という人もいます。年寄りはただでさえ暗くなりやすいのに、万が一のことなんて考えないほうが明るく前向きに生きられるのでは、という考えもあります。

でも、万が一の準備をしていたほうが、安心して楽に暮らせるのではないかと私は考えています。だから私の場合、外出時には、自分を証明するものと名刺、アドレス帳のほかに、健康保険証、医院の診察券、献体の会員証をバッグに入れています。

さらに「縁起でもないこと」として、私は六十五歳のときに死にじたくも整えました。弁護士さんに仲立ちをしてもらって、正式な遺言書を作成したのです。

遺言書には、葬式のこと、本の寄贈先、残った家財や家について、そして延命措置についてなど、いっさいがっさいをしたためました。

姑と夫を身内だけで温かく静かに見送った経験から、自分のときも葬儀、告別式はしないでということを、あとを頼む人にきちんとした形で遺言しています。

また、私はできることなら、チューブにつながれた生活はしたくない、それは生きていることではないからと感じています。

つまり延命措置は望んでいません。そうであれば、元気なうちにそれを文書にしておく必要があります。たとえば、がんなどでも末期になれば声を出すこともままならない。自分の意思《いし》とは無関係にチューブにつながれ、医療の力でもって何年も生かされることも考えられるからです。

延命措置や葬儀のことは、仮に口頭で身内に伝えておいても、あとからいろんな人が出てきて、ああでもないこうでもないといいだすものです。だから口約束ではダメ。自分の意思をはっきりと伝えるためにも、またまわりにゴタゴタを起こさせないためにも、元気なうちに遺言書をつくることには意義があると思うのです。

また、私は献体の登録もすませてあります。

遺言書をつくったころ、友人の紹介でとある大学病院で健康診断を受けました。そのとき、医学生の勉強に大切な献体数が不足しているということを知ったのです。その場で献体の手続き書類をもらい、家に帰ってよく読んで改めて大学病院に届けました。

自分が死んだあとのことを考えたとき、少しでも社会の役に立てたらと思ったのです。だから外出時にはその会員証も携帯する。そうすれば、万が一のことが起きた場合、たとえ仕事で遠方に出向いていても、その地の大学病院に死後すぐに献体されると聞いているので安心です。

私が遺言書をつくったのは、夫を亡くして間もないころ。姑に続いて夫を見送り、残された自分の持ち時間を精いっぱいたのしんで生きなければと心に決めた時期が、死にじたくを考えはじめたタイミングと重なります。つまり、死にじたくは、生きじたくにつながっていくように私には思えるのです。

ちなみに、そのときにお願いした弁護士さんは三十年の間に亡くなられましたが、事務所なのできちんと引き継いでくれています。

戸締まりと火の始末は慎重すぎるぐらいに

いまの家を建てたとき、わが家には大型のガス湯沸かし器をつけませんでした。「私の留守中に万が一のことがあったら」と、いつも口火がついていることに恐れを抱いていたからです。

いまほど住宅設備の安全性が考えられていなかった時代。もしものことを考えて、当初は取りつける予定だったものを、取りやめてもらいました。

いざ新築の家に住みはじめると、夫は「せめて洗面所はお湯が出るようにしておけばよかった」「変なところに警戒心の強いやつだ」などと小言《こごと》をいいましたが、なにしろ夫はガスコンロの火さえ、怖いといってつけられない人間。

小型のガス湯沸かし器でも、「爆発するかもしれない」といって、私がいくら扱い方を教えようとしても、手さえ触れようとしないのですから、大型湯沸かし器などをつければ、すべて私が管理しなければならないのは目に見えている。

すぐにお湯が使える便利さを考えれば、つけたかった器具ですが、自分の手間と安全性を考えたら、多少の不便は目をつぶろうと決めたのです。

以来、わが家はおよそ原始的な設備で通してきています。

ともに暮らしていた夫や姑を見送り、私が家を留守にすることも少なくなりましたが、今度は私が高齢になったので、身動きができなくなる日のことも想定して、新しく取りつけるなら、安心して暮らせる設備を望みたいと考えているのです。

もっとも厳重に考えたいのが火のことで、都市ガスを利用しているいまは、元栓に安全装置をつけたり、ガス会社からリースをしている簡易のガス漏《も》れ報知器をつけたりして気休めにしていますが、できることなら、台所、風呂、暖房といったそれぞれの機器に、地震など何かあったときにも安心できるような機能がほしい。

さらに、少しでも安全性が高まるよう、冬は床暖房を活用し、炊事には電磁調理器を使おうかとも考えています。

何もかも整った老人用のマンションにでも入らないかぎり、戸締まりと火の始末は自分の責任でしなければなりません。

私は数年前から家で揚げものをするのをやめました。天ぷらやトンカツを揚げているときに地震でも起きたら、もう自分では対応できないでしょう。だから、揚げものを食べたくなったら、友人や甥《おい》、姪《めい》を誘って外食でたのしむことにしているのです。

火事は自分の家だけの問題でなく、他人の家や命を奪うことにもなりかねません。老いてからの暮らしは安全が第一。心配のタネになるものは、ひとつでも減らしておいたほうがいいというのが私の考えです。

また、防犯については個々の心がけに負うところが大きいと思うので、戸締まりもおろそかにはできません。

とはいえ、わが家の貴重品は銀行の貸金庫に預けてあり、蔵書といっても金目になるような類《たぐい》ではない。そんな家にわざわざ泥棒に入る者はいないでしょうし、私などに恨みをもって殺しに来る人物も思いつきません。

よって戸締まりに関してはやや気楽に構えているところがありますが、火事に関しては慎重すぎるぐらいでちょうどいいのかなと思っています。

五十肩が教えてくれたこと

講演旅行で秋田に出かけたときのこと。その日、私はワンピースを着て壇上《だんじょう》に出るつもりでいたのですが、背中のファスナーがどうしても閉められないのです。手を背中に回したくても、痛みが走ってどうしてもできない。ふつうにしていればなんともないのに、手を後ろに回そうとすると、肩からひじにかけて、しびれるように痛むのです。

ふと、以前に年上の友人が話していたことを思いだしました。
「私もそろそろ年寄りの仲間に入ったのかしら。手が後ろに回せないのよ。これを五十肩っていうんですって」

そのときは、そんなこともあるのかと聞き流していましたが、まったく同じ現象が自分の身に起きているのです。
「そうか、これが五十肩か」。思わず納得してしまいました。

旅先での思わぬアクシデントは私をあわてさせましたが、これが老いていくことかと、何かを発見したような気持ちになったものです。

五十肩は、あくまでも老いの序章。長く生きていれば、さまざまな老いの波がやってきますが、それを能力の喪失ではなく「自分発見」としてとらえていくと、なかなか奥深くおもしろいのです。


この日は、仕事のことが気にかかっていたので、五十肩の痛みを深刻に受けとめる余裕がなく、それがかえって痛みを忘れられてよかったのかもしれません。

ともあれ、「きのうまで当たり前にできていたことが、急にできなくなることがある」「老いはある日突然やってくる」ということを、はっきりと教えてくれたのが秋田で体験した五十肩でした。でも、その体験は、私の場合は六十代に入ってからでした。

友人たちの経験では、「五十肩は、半年は治《なお》らない」ということでしたが、私の場合、経験者にすすめられてハリ治療を受けてみたら、体質に合ったのか、わりあいに早くお別れすることができました。

小さなたのしみを寄せ集めて生きていく

年をとることのいちばんのつらさは、親しい人たちが亡くなっていくことです。姑、夫、きょうだい、先輩、親友……。私は何人もの大切な人を見送ってきました。親しい人とのお別れは、とても悲しい。

その悲しみを簡単に乗り越えることなどできません。けれども、私たちは自分たちの暮らしを自分で守っていかなければならない。悲しみの気持ちはひとまずおいて、自らの人生を築いていかなければならないのです。

そして、生きていく以上はちゃんと生きること。そして、ちゃんと生きるというのは、たのしく生きることだと私は理解しています。

「人生はつらいもの。たのしくなんかない」といってしまえば、それでおしまいです。だったら、たのしいことを見つければいいのです。あまり大きなものを望んでいたら、

なかなか手に入らないけれど、小さなたのしみなら、日常のあちこちに転がっていま
す。

朝からのんびりとお風呂に入るのはたのしい。ベランダの草花が育つのを見るのも
たのしい。おいしい紅茶を飲むのも、テレビで刑事ものを見ているときだって、若い
人とおしゃべりをするひとときも私はたのしいのです。

見つけようとする意志さえあれば、たのしみは無限にあります。

その日常の中にちりばめられている小さなたのしみを拾い集めて生きていく――。
このくり返しが、悲しみに出合ったときにも立ち直る力になってくれる。年をとって
親しい人を見送るたびに、小さなたのしみがもたらす大きな力をしみじみと感じます。

丈夫に暮らしたければ義理は欠く

人が生きていくうえで、できることと、できないことがあるのはもちろんですが、その中間に「がんばればできるけど、無理にしなくてもいいもの」というのがあると思います。

このがんばればできるけど、無理にしなくてもいいものに義理のおつきあいがあります。

冠婚葬祭やお中元、お歳暮、そして年賀状や記念のパーティなど、日々の暮らしの中には、こまごまとした義理のおつきあいが存在します。

年齢を重ねると、そういった絶え間なくやってくる義理のおつきあいがつらくなってくるものです。とはいえ、これまで続けてきた習慣を突然変えるのはなかなか勇気がいります。

私はちょうど六十歳になったとき、年賀状づくりをピタリとやめ、勝手に「隠居《いんきょ》宣言」をしました。

それにはこういう経緯があります。

夫があるとき、「もうおれの年賀状は書かなくてもいい」といいだしました。「そのかわり、これから毎日ハガキを一通ずつ出す。それに、来年は年賀状を出さないということも書いておくから」と告げましたが、彼は一通のハガキも書くことはなかった。結局私は、それからも暮れになると、夫と自分の分をあわせて五百枚ほどの年賀状を毎年、書き続けたのです。

印刷だけの年賀状はあまり好きではなかったので、一枚ずつ自分の手で書いて仕上げていましたが、年末は仕事も立てこむし、大掃除もしなければならない。

結局、夜も寝ずに年賀状を書くことになり、手は痛くなるわ寝不足になるわで、たいへんな思いをすることになります。

それでとうとう、六十歳のときに「こういうことになりましたので」とお断りをしたうえで、長年続いた怒濤《どとう》の年賀状づくりから自分を解放したのです。

私の場合、近年はお通夜なども失礼することが多くなりました。

夜の外出は、冬などは風邪をひきやすいし、夜道では足もともあぶない。会合などは出席したいと思うこともありますが、会場がわかりにくい場所にあったり、夜の集まりだったりする場合は、やはり不安材料が多いのでやめることにします。

そういうときに、がんばって外に出て夜道でケガでもすれば、自分がつらいだけでなく、まわりの方にも迷惑をかけかねません。

それでいて、ホテルで開かれるパーティなどには、いそいそと出かけていく私。華《はな》やかな会場で、久しぶりにいろいろな方にお目にかかれるのはたのしいし、少しおしゃれをして出かけるのは、生活の張りにもなります。

それにホテルはお客本位ですから人手も多い。玄関口からタクシーに乗ったら家の前まで連れて帰ってもらえるので、たとえ夜でも帰りの心配がないので助かるのです。

タクシー代はご隠居さんの必要経費。

義理を捨てて、自分をたのしませるつきあいだけをするわがままも、長く生きてきた者の特権だと思います。

人生の「下り坂」を存分にたのしむ

「人生、上り坂のときよりも、下り坂の生活設計のほうがはるかにむずかしい」と、よくいわれます。

たしかに可能性と夢に満ちた輝かしい時期と、限られた人生の中で体力や経済的な諸条件と折りあいをつけながら過ごす日々は、ひとりの人生でもまったく違うものなのかもしれません。

でも私は、「だからこそ存分にたのしんでみようじゃないの」という気持ちになりました。

私は大正生まれの昔人間ですから、女が思う存分に生きるなんてことは許されない時代に青春を送りました。

十代、二十代の若さをいちばんたのしめる時期は、戦争の時代。戦争はほんとうにつらいものでした。夫や子どもが赤紙一枚で連れていかれてしまうのですから。

そんな中でも私は、必要以上にものごとを深刻にとらえず、「明日のことを心配するよりも、今日を精いっぱいたのしんで生きよう」「暗く沈んでいても仕方がない。明るく生きたほうが得だ」「自分のことは自分で守るしかない」と自分にいい聞かせました。

また、大きな天災や家庭環境などの不遇など、いろいろな逆境も身にふりかかりました。ただ、天災や自分が置かれた家庭環境など、自分の力ではどうすることもできないものに対してはあがいたりせず、いまはそういう時期だとやりすごすことを覚えました。

どんな状況にあっても、持ち前の「くよくよ、じめじめが大嫌い」という性格に助けられてきたように思います。

いま、私の身のまわりにいる多くの同世代の人たちはみな元気だし、ものの考え方も余裕があって前向き。そして、日本の暗く苦しい時代を生き抜いてきたという共通の思いがあるから、「あんな、がまんの時代は二度とごめんだ」という気持ちのつながりができるのです。

そういう仲間とともに、これからも明るい方向に目を向けながら、人生の「下り坂」を歩いていきたいものです。

体力への過信はケガのもと

とにかくそそっかしい私は、若いときから石につまずいたり、思いもかけないところですべって、引っくり返ったりといったことをよくしていました。

結婚式に招かれて行ったホテルのロビーで思いきり転んで、たいそう恥《は》ずかしい思いをしたこともあります。「どうして意味もないところで転ぶんだ。注意力が足りないんじゃないか」と夫にいわれることもしばしば。

けれども、注意する必要もないところで足をすべらせたりするものだから、気をつけようにも気をつけられず、「だって仕方がないじゃない。私だって恥ずかしいのよ。まあ、今後はなるべく注意するようにしましょう」ぐらいにしか反省できず、夫の言葉も半分聞き流していたようなところがあります。

その背景には、これといった大きな病気をすることもなく健康体であったこと、そして六十代まではともに暮らす夫や姑の保護者のような役目をし、力仕事でも家の中の修理でもひとりで引き受けるのが当たり前であったため、「人並み以上に体力がある」「そう簡単にケガなどしない」という自負もあったのでしょう。

また、夫とは十歳も離れており、家族の中で常に最年少であったためか、「年相応」という意識も薄く、いつまでも気持ちだけが若くて、自分の年をあまり気にしないで暮らしてきてしまったせいもあるかもしれません。

ところがあるとき、一緒に歩いていた親友から、ピシャリとこう忠告されました。

「あなたは自分の年齢を考えずに、ひょこひょこと動くことが多いから気をつけたほうがいい。一緒に歩いていてもすぐに駆けだすでしょ。横断歩道で信号が変わりかけていれば、立ち止まらずに走って渡ろうとする。これはダメよ」

この言葉が、自分の行動を規制するきっかけになりました。

それ以来、青信号がチカチカと点滅しているときは、若い人たちがさっと駆けだしていくのを横目で見ながら、「ここががまんのしどころ」と自分を抑えて、次の信号を待つようになりました。

また、わが家には小さな畑があるのですが、最近ベランダにもパセリやサラダ菜などの鉢植えを置くようにしました。というのも、このごろ少し足が重たくなってきて、畑に出るための三段ほどの石段の上り下りが、つらくなることがあるのです。

無理をすればケガをするかもしれないし、かといってせっかく野菜が生《は》えているのに、それを摘むことができないのはさみしい。そこで、ちょこっと葉っぱなどをつまめるベランダの鉢植えが役に立つのです。

いまを元気に過ごすためには、こういった年相応の工夫をすることも必要になってくるでしょう。また、私がこれまでに大きなケガをしなかったのは、おそらくある時期から「小さな自己規制」をしてきたからであり、あのときの親友の忠告には改めて感謝をしたい気持ちです。

ちなみに、人との待ち合わせでは、私は必ず時間よりも早めに着くように家を出ることにしています。あわてて向かえば、それこそ道端の小さな石などにつまずいてしまうかもしれない。また、早く到着することで、ひと息入れて心を落ち着かせることもできます。

年を重ねてからは、心と体に負担をかけないためにも「余裕をもつということ」が大切になってくるのだと感じます。

いまでもこってり料理が大好き

「今夜うなぎを食べに行くんです」といったら、「えっ、うなぎを召しあがるんですか？」と、びっくりされたことがあります。

また、「きのう一〇〇グラムのステーキを食べた」といったら、「ステーキを？ 一〇〇グラム？ ウソでしょう」とのけぞるようにしていわれた。

「年をとると、さっぱりしたものが食べたくなるもの」というのは、世間の常識のように思われているようですが、私のまわりの元気なお年寄りを見ていると、「そんなのが常識だと決めつけられてはたまらない」と思っている人も多いのではないでしょうか。

高齢になっても元気で活躍されている方は、立食パーティなどでお会いすると、野菜や魚からお肉、デザートにいたるまで、好き嫌いなくいろんなものを食欲旺盛《おうせい》に召しあがり、その食べ方もいかにも活気にあふれたといった感じを受けます。

また、私の姑は、九十歳をすぎてもタンシチューやチーズケーキといった若い人が好むようなこってりとしたものが大好きで、すき焼きをすれば、「脂身《あぶらみ》をちょうだいね」と、白いフワフワとした脂の部分を好んで食べたものです。

姑の場合は外国生活が長かったせいもあるかもしれませんが、同じ条件でもこってりとした料理を好まない人もおり、これぱかりは個人差があると考えたほうがよいのではないでしょうか。

私の場合、年齢とともにあっさりした食事が多くなっていることは確かです。たとえば炊きたてのご飯に、納豆と一塩のかますの干物なんていう朝食は、最高においしく感じるし、味噌汁はわかめをたっぷりにお豆腐を少々、焼き海苔《のり》はちょっとぜいたくに、上等品を食べたい。

このように、ふだんの食事は野菜やお魚が中心ですが、ときどき急にうなぎがほしくなったり、ステーキやとんかつ、そして子どもの心に戻ってコロッケやカレーもおなかいっぱい食べたいという気分になり、事実、そういうものを目の前にすると、しっかりと食べきってしまうのですから、われながら食い意地が張っているなと苦笑《にがわら》いするばかりです。

しかし、自らの名誉のためにいうわけではありませんが、年をとっても良質のたんぱく質は必要です。そして、私の元気はそういうものを適度に食べているからだと、自分では思っているのです。

これだけ洋食も日常生活に定着しているわけですし、そろそろ「老人はさっぱり食」という概念も変わってきてよいのではないでしょうか。

ちなみに私は、いわゆる有名店でいただくごちそうも大好きです。

けれども、有名店のもの、高価なものはおいしいと考えるのは、かえって生活をさびしくすると思うのです。

老人は経済的にも弱者と考えなければならないから、高価なものがおいしいとなれば、ふだんはまずいものばかり食べなければならなくなる。

そんな晩年の生活はあまりにも味気ないではないですか。

むしろ、何がおいしいかを味わい分ける能力を失わないように、ご飯の炊き具合、小松菜のおひたしの茹で加減、大根やきゅうりの切り方による漬けものの食感といった、ささいな違いをきめ細かく味わう習慣をつけておくことが大事で、ひいてはそれが食生活を豊かにしてくれるのではないかと感じています。

マイナスの気持ちよさもある

年を重ねる中で、若いときのような体力や美しさが褪《あ》せてきたと嘆く人がいますが、失われていくものを力ずくで取り戻そうとするのは、なかなかしんどいものです。

私の場合、年齢とともに簡単な家事がむずかしくなってきました。

六十代のころはまだ、重い荷物をもったり、はしごに上って屋根にたまったゴミをとるとか、裸足になってベランダを洗うなどということはいっこうに苦にならなかったのですが、やがてしゃがみこんでの雑巾《ぞうきん》がけができなくなった。

また、高いところにあるものを取ろうと背伸びをすると転倒しそうになり、軌道修正ができなくて、あわてて何かにつかまらなければならない。掃除機をかけていて、体の向きを変えようとヒュッと振り返ったときに、机の角に腰をぶつけてしまう。そういったことが、次々に起きてきたのです。

さすがに、丸ごとのかぼちゃを包丁で切れなくなったり、卵焼きをつくるときのフライパンをもつのがつらくなってきたときは、自分の得意としてきたことだけに、納得のいかないこともありました。

しかし、さまざまな変化を経験するうちに、そのつど落ちこんだり、なくした力を取り戻そうと躍起《やっき》になるよりも、どの自分も認めていくほうが精神の健康にもよいのではないかと考えるに至ったのです。

九十六歳を迎えたいまは、以前のようにかつお節をたっぷり削るなんてことはできません。固いビンのふたを開けるのもたいへんです。だから知恵を使う。ゴム手袋を両手にはめて、キュッとひねれば開くのです。

甥が親切心で、ビンのふたを開ける便利グッズのようなものを買ってきてくれましたが、そんなものがなくても大丈夫。「どうにかできないかしら」と工夫をするのがまたたのしいのですから。

若いときは、体力をつけたい、格好よく見せたい、ものを覚えたい、あれがほしい、これがほしいと、「プラス」することをよしとする傾向があります。だからこそ、自分の能力がひとつずつ失われていくことに恐怖を感じるのかもしれません。

でも、脱ぎ捨てていく、いわゆるマイナスの気持ちよさというのもあるのです。また、何かを失ったことによって、まだある能力でやりくりするという知恵もつく。それも考え方によってはたのしいのです。

できないことを受け入れずに、若ぶってふるまうのは見ているほうもつらいもの。素直に老いるほうが好ましく、私自身はそうありたいと思っています。

人生をおもしろくするコツ

たとえば、一泊二日の旅行が決まったとき、「そんなに短いと、どこもまわれない」とグチをいうのか、あるいは短い旅でも行けると決まったら「やったあ」と張り切って旅の準備にかかるのか。

ここが人生をおもしろくするかどうかの分かれ目だといえるかもしれません。

ささいなことでもたのしめる知恵をもった人を、私は「たのしみ上手」と呼んでいます。

この例でいえば、後者のたのしみ上手の人は、旅の前にいろいろと調べるから、そこから知識も増えて好奇心がいやがうえにも高まり、旅先でもさまざまな発見があることでしょう。かたや、たのしむことを放棄してしぶしぶ旅に出た人は、何を見ても興味がわかず、時間だけがたって心も体も消耗するばかり。

同じ旅でも、その質がまったく違ってきます。

とくに年をとったら人生をたのしむことがいちばん。どのみち、もうすべてを請け負う体力も気力もないのですから、嫌《いや》なことは放っておいてもよいのではないでしょうか。

とはいえ、世の中にたのしいことなんてそう転がっているものではありません。だから、たのしみを自分でつくるのです。それはゼロから何かを生みだすということでなくていい。肝心なのは、目の前のことをたのしいと思えるかどうか。

そういった意味でも、いろいろなものに興味をもつことは有効です。

たとえば編みものが好きな人は、それが嫌いな人の知らない快楽を知っています。関心を寄せる対象が多いほど、人生をたのしむチャンスは多くなるともいえるでしょう。

また、あれもしたい、これもしたいという好奇心があると、すごく若々しく生きられると、脳の専門家の方がいっていました。とくに女性は、たのしく生きる知恵をもたなければソンだと私は思っています。

第二章　家族や先輩が教えてくれたこと

自立したお年寄りはカッコいい

夫の母、つまり私の姑《しゅうとめ》にあたる人のことを、私たちは「おばあちゃま」と呼んでいました。

姑は明治十六年（一八八三年）、室田《むろた》善文《よしぶみ》という外交官の娘として生まれました。やがてアルゼンチン公使であった古谷《ふるや》重綱《しげつな》と結婚し、大使夫人としてベルギーやイギリスなどで暮らしましたが、夫の部下と恋におちて離婚。五人の子は夫に引き取られ、姑は再婚します。その後、逗子《ずし》の家で夫婦仲よくしあわせそうに暮らしていました。

私たち夫婦はよく姑の家に行っては、ごちそうになったりしていましたが、逗子の家はいつ行っても新婚家庭のようにきれいに片づいていて、「おじいちゃん」と「おばあちゃま」がふたり仲よく寄り添っている。見ていて微笑《ほほえ》ましい光景でした。

ふたりは子どもたち家族の集まりにも、いつも招かれて顔を出していました。決してわがままというのではなく、自分らしく堂々と前を向いて生きていた姑は、チャーミングでおしゃれ。子どもだけでなく孫たちからも慕《した》われていたのです。

やがて、連れあいのおじいちゃんが亡くなりました。

当時七十四歳の姑がひとりになることにまわりは心配しましたが、夫の弟である綱《つな》正《まさ》さんのところは人手がなく、長男である私の夫が一緒に住むことを提案。

私もそれが自然な流れではないかと感じました。もっとも、その前から私は姑の生き方や生活を見ていて、なんとなくこの人となら暮らせると感じていたのです。

ところが、おばあちゃまの口から飛びだしたのは意外な言葉でした。

「私、養老院へ行こうと思うの。そのためのお金はきちんと貯めてきたから。お小遣いだけはみんなからもらうかもしれないけど」

さばさばとそう言い放つのです。

おそらく姑には、かつて子どもたちを置いて家を出てしまったことに対する負い目のようなものがあったのでしょう。夫が先に逝《い》ってひとりになったときに、子どもたちに迷惑をかけたくないという思いから、自分なりに計画を立て、そのための準備をしてきたのだと思います。

昭和三十年代の当時、養老院に入るといえば、孤児院と同様とても悲しいことでした。けれども、連れあいを亡くした直後に、けろりとして養老院行きを宣言したおばあちゃま。まるで迷いのないその凛《りん》とした姿を見て、私は改めておばあちゃまに惹《ひ》かれました。

「それはいい考えかもしれない」。おばあちゃまの気持ちを察してそう前置きしたうえで、古谷は自分たちとの同居を提案しました。

そして、「おばあちゃまの計画をじゃまするつもりはないし、もしダメだったらそのときに改めて養老院へ行くことを考えてみたらどうですか」と。おばあちゃまは、少しうれしそうにうなずき、やがて三人での生活がはじまったのです。

もしも、おばあちゃまが老後は子どもたちの世話になるのが当然といった顔で、一方的に寄りかかってきたら、どうでしょう。まわりは自分の家に来ませんかという気持ちになったでしょうか。

本人が自立していて、まわりから慕われる魅力に満ちた生き方をしていたからこそ、みなが自然に手を差しのべたくなったのではないかと思うのです。

そして、そんな清々《すがすが》しい精神のおばあちゃまであったからこそ、どんな年代の人とも分け隔《へだ》てなく会話がたのしめ、誰からも愛されていたのではないかと感じます。

姑との同居で得たこと

「おばあちゃま」がわが家にやってきたとき、私は四十代のなかば。姑は七十六歳でした。姑との同居と聞いただけで、たいへんそうだと感じる人は多いと思いますが、私たちは同居していながら、いわゆる嫁姑のいさかいというものとは一切無縁《むえん》。世の中的には珍《めずら》しい関係だったといえるでしょう。

たとえば、姑が古谷のことを「ほんとにだらしないんだから」というと、私も「そうなんですよ」と身を乗りだし、一緒になって悪口をいってお互いにスッキリするなどということもありました。

また、姑は外国生活で培《つちか》った英語力を生かして語学を教えていたので、わが家には若い生徒さんがしょっちゅう出入りしていました。

そんな方たちとも対等におしゃべりをし、長男である私の夫に対しても、甘えをもたずにキリッとした態度で接していました。自分なりの美意識とけじめをもった、おしゃれで素敵な姑をそばで見ているうちに、私はいつしか何十年か先の自分のこうありたいという姿を重ねていったように思います。

姑と同居するうえで私がとくに気をつけていたのは、栄養をしっかりとバランスよくとってもらうこと。「久子さんが滋養《じよう》のあるものを食べさせてくれているから、みんないただくことにしているのよ」と、姑はその意図をしっかりと汲《く》んでくれ、毎食気持ちよく食べてくれました。そのためもあってか、いつも元気で若々しいのです。

そんな姑に私は愛情をもっていましたし、同性の素敵な先輩として尊敬もしていました。そして一緒に暮らす中で、いろいろなことを教えてもらった。それらはすべて、人生における私の心の貯蓄になったと思っています。

心がけたいのは「清潔感」

ゆっくりとしか歩けない私の足でも、家を出て二分ほどのところにある美容院が、私の行きつけのお店。開店以来お世話になっているので、もう二十年以上のおつきあいになります。

予約を入れておくと、近所のよしみで「そろそろ来てください」と、約束の時刻よりも早めに電話をくれたりするので、大助かりしています。

洗髪、カット、そして最後にもう一度、さっと洗い流してもらうだけの簡単なものですが、むさくるしくならないよう私なりに習慣にしていることのひとつです。

年を重ねてからの暮らしは、いったん気を抜いてしまうと、どこまでもだらしのないものになっていきます。外出をしたり人と会う機会も少なくなれば、社会と接するという緊張感がなくなり、ともすると面倒くさいといって一日中、パジャマで過ごすということにもなりかねない。

姑の素敵なところは、ぼけがはじまる九十三歳まで、老醜《ろうしゅう》を見せずに生きたことでした。うっすらと化粧をし、夕方、お風呂に入るとさっぱりと着物を替えて食卓につく。

また、「洗濯機に入れておいてくださいね」と私がいっても、肌着だけは自分で手洗いし、アイロンがけも人まかせにはしません。

そんな姑を見ていて、「こういう日々の積み重ねが美しい老いの姿となるのだ」と感心した経験から、せめて私も頭が確かなうちは、老醜を感じさせることはできるだけ避けたいと思っているのです。

何もお金をかけなくても、清潔感を保つことはできるはずです。

シンプルな衣服でも不潔感を出さないことはできるし、簡素な住まいでも住む人の心がけ次第で清潔感を生みだすことはできるでしょう。どんな状況であれ、頭のどこかで「老醜を寄せつけない」という意思《いし》だけはもっていたいと思います。

　また、老醜は部屋にもただようものだから、換気に気を配《くば》ることも不可欠です。体臭や食べもののにおい、洗濯物の部屋干しなど、さまざまな臭いが入り混じった悪臭は、住んでいる本人にはわからなくなるもの。できれば定期的にファンが回る設備だとか、ゆるやかな換気がつねにできている環境といったものも、考えていきたいものです。

　さて、わが家では、お客さまが見える前には必ずトイレを掃除しておきます。特別に念入りにというわけではありませんが、気持ちよく使っていただけるように、整えておきたいのです。というのも、私自身、どこかにおじゃましたときにトイレがいちばん印象に残るからです。

　手を洗う場所には、まっ白なおしぼり用のタオルを何枚もたたんで重ねてあります。一回ふくごとに下のカゴに入れるという具合に、使い捨て感覚で使えるようにしているのです。同じ使い捨てでも、紙タオルの場合はゴワゴワとして、ふき心地がタオルには遠く及びません。また、紙をどんどん消費するのは気がひけるので、以前にトライしましたがいまは廃止しました。

おしぼりタオルは、手をきっちりとふけるだけでなく、夏などは洗面所で顔を洗ってそのタオルで顔をふく男性もいます。また、洗濯してくり返し使えるのもよく、全自動洗濯機でまとめて洗うわけですから、たいした面倒もありません。

色は清潔感のある白で統一し、年中漂白をしてまっ白に仕上げています。そして硬くなったら雑巾として活用し、いよいよ破れたら敷居などの隅《すみ》をふいて捨てる。

毎日見ている自分の家の中は、目が慣れてしまっているだけに、汚れに気づきにくいもの。慣れというのは恐ろしいものだと肝《きも》に銘じて、ときどき他人の目になって室内をチェックしたい。

清潔を保つことは、他人を不快にさせないだけではなく、自分自身が気持ちよく、そしてたのしく暮らすためのベースにもなるのです。

「学び心」が呼ぶしあわせ

「年をとると友人が少なくなるから、一緒に学びあうことができる仲間がいるといい」

夫が六十代のころ思いたったようにこういいだし、友人や知人をわが家に呼んで、歴史や文化についての研究発表などをするようになりました。

これが「むれの会」。

いまでもわが家には月に一度、十数人が集まって各々のテーマについて研究したことをみんなの前で発表。勉強会のあとの食事会も続けています。

私の場合、九十歳を越えてからはもっぱら聞き役に回り、体調管理を優先して自分の研究発表はお休みしていますが、かれこれ四十年以上続くこの会をやめようと思ったことはありません。

新しいことを学ぶのはいくつになっても刺激的ですし、若い人を含《ふく》めて気心の知れた仲間とともに過ごす時間は、生活に豊かさをもたらしてくれます。

夫は「老後に大切なことは、その人の人生で確かに身につけたもので、社会とつながりをもち続けることだ」と考えていたようです。

そして、年をとっても「これでほんの少しでも誰かの役に立てているんだ」と思えることが、その人の生きがいになるのだと。

ともに暮らしていた姑は、外交官の妻として海外での生活が長かったので、英語が堪能《たんのう》でした。わが家に来たときはすでに七十代でしたが、「老後の生きがいのために、英語を教えてはどうか」と姑に提案したのも夫でした。

最初、姑はとまどっていましたが、実際に自宅で英語教室をはじめ、若い人たちが集まるようになると、どんどん表情がいきいきとしてきました。ちょうどそのとき、フランスに行きたがっていた知人の娘さんがいたのです。姑はフランス語も少しできたので、英語とフランス語、そしてあちらのマナーも教えることになります。そのうちに生徒さんも増えていきました。

あるとき、姑はこんなことをいいだしたのです。

「私が英語を身につけたのはロンドンで、五十年も前のこと。いまの英語はわからないから、もう一度ロンドンに行ってみたい。人に教えている以上、現在の生きた言葉を聞いてこなくちゃ」

これには私たちも驚きました。そして、年をとってもこんなふうに前向きに暮らさなくてはウソだなと感心もしたものです。結局、予算不足でロンドン行きは断念しましたが、姑は月謝をコツコツと貯めて、イギリス人の女性のもとへ英語を習いに行きだしたのです。八十三歳のときでした。

また、その間には悲しいできごともありました。

姑の長女、文子さんが亡くなったのです。年をとっての逆縁《ぎゃくえん》の不幸は、察してあまりあるものですが、姑の悲しみはやはりたいへん深くつらそうでした。

私は、しばらく英語のレッスンはお休みになるだろうと思っていたのですが、十日ほど経つと姑はこう切りだしました。

「あまり長くはお休みできないから、来週からまたはじめようと思うのだけど、どうかしらね」。私はすぐさま「ぜひおやりなさい」といいました。

年をとって子どもに先に逝かれるのはどんなにショックなことか……けれども、嘆くのが仕事のようになってしまって何事も手につかなくなっても仕方がないところです。

そんなときに、もう一度立ちあがる力を与えてくれたのが、人に英語を教えるという仕事。そして、仕事をもっている人の強さ、責任感というものを姑から感じました。人に待たれている、頼られているというのはこういうことなのだと感じました。

私のまわりには、ひとりになって「今日も電話もかかってこない、誰も訪ねてこない」とため息をついているだけの方が何人かいます。

いまの私は、人が来ない、電話も鳴らないというのはむしろありがたいことが多いのです。その分集中して、仕事に没頭できるからです。でも、もしも仕事を続けていなかったら、私もひとり暮らしの寂しさの中に埋没《まいぼつ》していたかもしれません。

いい話し相手をもつには

年をとるごとに親しい人を失っていくというのは仕方ないことですが、同じ思い出を語りあえる、いい話し相手はいつまでも、もっておきたいものです。

ただし、ものごとを何でも暗く考えて、話していても沈んだ気分にさせられる人、いつも自分が中心にいないと機嫌《きげん》が悪く、相手のことなどおかまいなしに自らの話を延々と続ける人、うわさ話が好きでつねに他人の情報に耳をそばだてているような人。

こういった人との親密なつきあいを避けるのは、すこやかに老いるうえでの人間関係の知恵だと私は思っています。

会話をしていて心地よい人というのは、話し上手というよりも「聞き上手」であることが多いようです。

いかにも話を聞いているかのように、ハイハイと相槌《あいづち》を打つ人がいますが、「さっぱりわかっていないな」「あ、聞き流しているな」というのは、表情を見ればすぐにわかるもの。

聞き上手というのは、「相手のいいたいことは何か」「どんな反応を求めているのか」ということを、頭をフル回転させて理解しようとする。ただ音を耳に入れているのではなく、相手の気持ちを察して話を受け止めようとするから、話す側からすると親身になって聞いてくれる手ごたえのある人に映るのです。

姑は人の話を聞くときに、相手の言葉を上手になぞっていました。すると相手は気持ちに寄り添ってもらえたような気がして、安心して話をすることができる。外交官夫人だった姑の、人の心をそらさない会話術はさすがでした。

夫のもとに、よく身の上相談に来られた女性がいました。

彼女は抱えている悩みを一生懸命、夫に向かって話します。夫はそれを黙って聞いているだけ。おそらく、身近な人には打ち明けられない話もあったのでしょう。

ひとしきり話をするとスッキリするようで、「今日はほんとうにいい話をうかがいました」と、深々と頭を下げて帰っていかれるのです。

人はたとえ相手が言葉を発しなくても、きちんと自分の話を聞いてくれる手ごたえのある人間がいれば、いくらでもしゃべれるのだなと、そのとき思ったものです。

実は私も、ラジオや雑誌で相談ごとの回答をしていたことがありますが、答えを出すというより、相手の気持ちに寄り添って、「私にも同じような経験があって、そのときはこうしましたよ」といった話をすることが、いちばんうまい回答になったような気がします。

ところで、人と会話をしていると、その話に関連したエピソードなどをふと思い出して、「そうそう」と話を挟《はさ》みたくなるときがあります。しかし、場合によってそれは、相手の話を最後まで聞いてからにしたほうがいいかもしれません。

悩み相談などがそうで、とにかく相手が話を聞いてもらいたいという気持ちが大きい場合は、ひとまず相手の話に耳を傾けることに徹したほうが、会話がスムーズに運ぶことでしょう。

手持ちのもので豊かに暮らす「生活力」

「逗子のおばあちゃまのところに行くと、いつもおいしい鮭《さけ》を食べさせてくれる。どうしてなの？」

孫のひとりがおかあさんに尋《たず》ねたことがあるそうです。すると母親は、「おばあちゃまのところはお金持ちだからよ」と答えたといいます。

また、戦後の貧しいときも、姑は「今日はおいしいものを食べよう」といって、高価な洋菓子を気前よく買って子どもに食べさせてくれたそうで、どこにそんなお金があったのかと、子どもたちがたいそう驚いたと聞きました。

実際のところ、姑は決して裕福な生活を続けてきた人ではありませんでした。

かつて、おじいちゃんが誰かの保証人を引き受けたために、膨大《ぼうだい》な借金を背負ってしまい、自分たちの持ちものを売ったりしてなんとか借金の返済はしたものの、かなり苦しい生活を強《し》いられたそうです。

ところが、おばあちゃまはそんな過去の苦労をみじんも感じさせず、お金がなくてもクヨクヨしない。貧乏くささとはほど遠い人でした。だからまわりはおばあちゃまをお金持ちだと思ってしまう。

でも当の本人はお金持ちに見せようと見栄《みえ》を張っているわけではありません。ひとことでいえば、姑には手持ちのもので暮らしを豊かにする「生活力」があったのです。

美意識が高く、きれい好きだった姑は、お部屋のインテリアも自分らしく工夫して、季節ごとに模様替えをしていましたし、クッションカバーなども上手に色合わせをして自分でつくり、いきいきと生活をたのしんでいました。

また、いつも素敵な着物を身にまとっていたのも印象的です。和裁ができるから自分で着物を縫いますし、その着物を洗い張りに出したり、裏返したりと工夫して着ていたのです。

昔の女性はお金がないなりに、おしゃれをするための手の技《わざ》を身につけていたものですが、姑はほんとうに「あるもの」を上手に使う達人でした。

やりくりがうまく、ふだんはつつましく暮らしているけれど、いざというときには出し惜しみをせずにパッとお金を使う。そのメリハリのつけかたが実に見事だったのです。

年を重ねると経済的な不安から、お金をがっちりと貯めこんで身のまわりを冷たく閉ざしてしまう人も多いものです。そして、なぜかお金をたくさんもっている人ほどケチくさく、チマチマとしたお金の使い方しかできないという話も聞きます。

その点、姑のお金の使い方は、見ていてとても気持ちのいいものでした。

夫も私も会社員ではなかったので、定収入というものがありません。つまり、今月は百万円の収入があっても、翌月は一万円かもしれない。来年の生活だって、どうなるかわからない生活でした。

だからといって、この先どうなるのかと心配して、余裕なく生活していても仕方がない。そのときはそのときという気持ちで、平気な顔をして暮らせたのも、姑を見習って「生活力」を養ってきたからかもしれません。

ちなみに私には困ったことがあるとかえって笑いだすようなあっけらかんとしたところがあり、「これも君がもっている生活力かもしれないな」と夫にいわれたものです。

その年にならなければわからないことがある

四十代からはじまった老眼、五十代での五十肩を経験し、六十代、七十代に入ると、姑がかつて口にしていた言葉をたびたび思いだすようになりました。

「その年にならなければ、わからないことがあるのよ」

七十六歳でわが家にやってきた姑は、よくそういっていました。

姑が八十代に入ってからでしょうか、とてもおしゃれなおばあちゃまなのに、庭で草むしりをしたり植物の手入れをするときに、大切にしていた結城《ゆうき》の着物を汚すのも気にしないで、土の上にペタンと座りこむようになったのです。

しゃがむのが苦痛になってきたのだろうと、私はだまって作務衣《さむえ》を買ってきて姑に渡しました。そして、一度座ると立ちあがるのにもひと苦労。ヨイショとかけ声をかけながらの動作も多くなりました。

そして九十代に入ると、また新たな変化が現れました。

それまでは毎朝一時間かけてやっていた自己流の体操が、「寝ながら体操」に変わっていきました。「ふとんの中で、指折り十回、足の曲げ伸ばしを二十回、目をぐるぐる回すのが十回。けっこういい運動になるのよ」と本人は話していました。

百回やっていた髪のブラッシングも数回になり、髪を洗うのも面倒ではないかと思って、「近所の美容院で洗ってきたら?」とすすめましたが、これは習慣がないせいか、自分で洗ってときどきオーデコロンなどをふりかけていました。

さらに、それまでは自分で手洗いしていた肌着を、そっと洗濯機に入れておくようになったのです。さすがに洗濯はつらくなってきたのでしょう。

しかし、朝と夕方で着物を替えるということ、美容院で髪を整えてくるという習慣は続いていたので、さすが、おしゃれなおばあちゃまだと感心したものです。

同じことを何度もいう、「テレビがない」「財布を盗まれた」というようになったのはそれからで、最後はオムツが必要になりました。九十六歳で亡くなるまでの二年半あまりが、姑にとってのいわゆる「老後の老後」。

あんなにしっかりしていた姑が、認知症になるとは想像もしていなかったので、私は変わりゆく姑の姿にたいへんなショックを受けました。いまのように認知症に対する情報もありませんでしたから、精神的にも体力的にも介護はつらかった。

けれども、姑が老いていく姿を見ているうちに、だんだん「これは私の将来の姿だ。ちゃんと見ておこう」という気持ちになったのです。

老いというものは、先達《せんだつ》の姿を見ているのといないのではだいぶ違うと思います。働き盛りの元気なうちは、自分の老いを想像するのはむずかしいでしょう。仮に想像しても、実感は得られないはずです。しかし、先達の老いゆく姿を見ていれば、自分がその年齢に追いついたとき、「あ、老いとはこういうものだった」と、ストンと納得ができるものです。

九十六歳を迎えたいま、「その年にならなければ、わからないことがあるのよ」という姑の言葉は、まさに生きたメッセージとして私の胸に響《ひび》き、明日を生きる勇気を与えてくれているのです。

年下とのつきあい方

「おれが死んだら、誰も注意してくれないぞ」。夫はよく私にいっていました。実際にそうなってみると、夫の言葉どおり、この年齢になるとたしかに私に意見をしてくれる人は少なくなります。

だからストレートにものをいってくれる二十代の親戚の娘などの言葉がありがたく、自分が知らない新しいことを知っているのでどんどん質問して教えてもらっています。

若い人とつきあうときに私が心に留めているのが、年長者だからといって、上からものをいうようなことはしないということ。長く生きてきたというだけで、自分のほうが偉いと考えるのは、家父長制がはびこっていた戦前の誤った思想そのものではないでしょうか。また、そういう態度でいたら、若い人は決して近づいてきません。

夫は冗談半分にこんなこともいいました。

「年寄りはごちそうしなくちゃ、若い人は絶対についてこないよ。とくに若い女の子の場合はそうだね」

私自身がおいしいもの好きということもあり、甥《おい》や姪《めい》を誘うときには「牡蠣飯《かきめし》をつくるけど来る?」「おいしい柿が届いたんだけど」などと、食べものでつります。するとたいてい「行く、行く」となる。そのかわり、来たらついでに新聞や雑誌などを束《たば》ねて裏の戸口まで運んでもらうなど、力仕事をお願いするのです。

また、私はひとり暮らしだから、いただきものを全部食べきることができません。だから、おいしいお菓子やくだものをいただくと、甥や姪、その子どもの家族たちにも声をかけて一緒に食べたり、彼らが家に来たときにお土産にもたせます。すると、まだ余裕のない世代は家計にも助かるといって、とても喜んでくれます。

時間があるときには、みんなをおいしいものを食べに連れていったりもします。

もっとも、彼らはたとえ私がごちそうをしなくても、気持ちよく手伝いをしてくれますが、そこに甘えてはいけないと思う。人間関係はギブアンドテイクのもとに成り立っています。年寄りだからと若者にすべておんぶするわけにはいきません。

常連気取りを嫌った夫

夫はお酒が好きで、お店で飲んでいて看板になると、一緒に飲んでいた仲間や若い人を引き連れて帰ってくる。そして、わが家でふたたび酒盛りがはじまるということはしょっちゅうでした。

なにせ、真夜中に急に人をつれてきて、「何かつまみをつくれ」などといいだすのですから、こっちも「何もありませんよ」と応戦する。そういいながらも、冷蔵庫にある野菜や缶詰を使って、簡単な炒めものなどをして出すのです。

最初はぶつぶつと文句をいっていた私も、酒の肴《さかな》をつくりながら酔っ払いとのおしゃべりに加わり、気づくと一緒になって宴《うたげ》をたのしんでいる――。まだ若くて体力も十分にあったから、たとえ原稿の締め切りがあっても、一日やそこら寝ないで書きあげればいいという思いがどこかにあったのでしょう。

私は父も酒飲みでしたので、若いころからよく父とビールを飲みにいったりしていました。ですから古谷が飲み屋さんに行くときに、ついていくこともありました。

古谷はどちらかというと、黙って飲んでいるのが好きで、行きつけのお店でも常連客ふうにふるまうのを嫌いました。そんな様子を近くで見ていたので、私はいまでもお店で食事をしているときに、自分は特別だといわんばかりに威張《いば》っている常連客を見ると、とても不愉快な気分になり、もうそのお店には行きたくなってしまいます。

その一方で、夫は気が合って親しくなった人との縁《えん》は大切にするほうで、月に一回開催している「むれの会」に、いまもときどき参加している六十代前半の男性は、古谷が飲み屋さんで親しくなったのが交流のきっかけ。

初めてうちに来たときはまだ二十代だったから、私の頭の中では、いつまでも「青年」。古谷が亡くなってからも、いい食べもの屋さんを見つけても、ひとりでは入りづらいときなど、その青年を誘ってつきあってもらっていました。

生前、胃を悪くしてしまうほどお酒をよく飲んでいた夫でしたが、夫なりの飲み方の美学というものがあったようで、私は行動をともにすることで、「こういうところでは、こうふるまうのか」「これは野暮《やぼ》な行為だわ」という、お店での作法《さほう》のようなものを教えてもらったような気がします。

箸が重たくなる日

「おばあちゃまったらいやあね。がま口を開けるときまで、ヨイショって声をかけていらっしゃる。それじゃ、椅子から立ちあがるときは、ヨッコラショといわなければなりませんよ」

何をするのにもかけ声が必要になってきた姑を、私はよくこんなふうにからかっては、ふたりして笑いあったものです。

そんな自分に、まさかこんな日が来るとは夢にも思いませんでした。六十代に入ってからでしょうか、それまで夫とおそろいで使っていた象牙《ぞうげ》の箸《はし》が、なんとなく使いづらくなってきたのです。もう少し軽いものが好ましいと感じるようになり、箸先のにぶい感じも神経にさわるのでした。

そのころ、よく夫が口グセのようにこんなことをいっていました。

「年をとると人は円熟するというのは間違いで、他人が見てそう思うとしたら、それは衰弱だ。年寄りをいたわるための言葉だと思わないか」

それを聞いて、どこか納得している自分がいました。

ちょうどその時分、愛用していた厚手のフライパンや、外国製の無水鍋、圧力鍋といったものが、手にずしりときて扱いにくくなっていたのです。

いつも使っている箸に違和感をおぼえはじめたのも、同じころでした。

ためしに、客用にでもしようとしまいこんでいた、宮崎旅行をしたときに買ってきた柞《ユス》（イスノキ）の箸を出してきて使ってみると、なかなか使い心地がよく、小魚をむしるのにもぴったり。どうやら夫も象牙の箸に対して同じような感覚をもっていたようでした。

湯豆腐か何かの料理のときに、黙ってユスの箸を並べておいたら、それを手にするや「これはいい。もっと早く出せばよかったじゃないか」と夫。

へんなところで夫婦の意見がぴたりと合うなと思ったものですが、箸ひとつとっても、姑がいっていた「その年にならなければわからないこと」があるとは、なかなか奥が深い言葉だと改めて思ったものです。

きれいに無になる生き方

いよいよ自宅での介護がむずかしくなり、姑が入院することになったその日、迎えの車を待っていると、姑が小さな声でいいました。

「お水を飲みたいの」。すぐに飲ませてあげたら、「お水ってこんなにおいしいものだったかしらねえ」とにこりと笑ったのです。

これが姑の最後の言葉となりました。

次に姑の部屋に行ったら様子がおかしくなっており、そのまま逝ってしまいました。そのとき、生と死の境界線はほんの一瞬で飛び越えられるものなのだと思いました。


そのとき姑は数えで九十六歳。友人知人のほとんどはすでに亡くなっており、姑の見送りについては夫とそのきょうだいで相談して、葬儀の形はとらずに子と孫たちだけで静かに見送ることにしました。

姑の好物だったチーズケーキと紅茶を添えて、好きなお花をいっぱい飾ったお棺の前で、みんなで姑のことを話しながら過ごした忘れられない夜。墓地への埋葬も特別の手数はかかりませんでした。

また、あとしまつといっても、いつも姑とつきあってくれていた私の友だちに、姑の持ちものでまだ使えるものを少しずつ受け取ってもらった「お形見分け」だけ。夫のきょうだいも、そのつれあいも「すべておまかせ」とまったく口出しをしなかったので、私はアルバムだけを保存することにして、着物や使えるものは友人がいけ花を教えにいっていた老人ホームに寄付してもらいました。

このとき、私は思いました。長く生きて生涯を閉じたあと、こんなにきれいに無になっていくのは、なんとさばさばした素敵なことだろうと。

そして、「おばあちゃまの年になれば、残されたものが途方に暮れるということもないし、別れをつらがって泣きすがることもない。みんなに心をこめて静かに見送られるようになるのね」「ほんとうに思いどおりに生きたしあわせな人だった」と私たち夫婦は話したものです。

夫を見送ったときも、私は泣いたりわめいたりといったことはしませんでした。私には子どもがいないので、葬儀屋さんとの打ちあわせをするのも、人が見えて挨拶をするのも自分。お棺にすがって涙を流したり、悲しみに沈んでいる余裕はなく、予定のコースを一生懸命歩いているような、妙な緊張感に支えられていたようなところがあります。

夫は私より十歳年上。ふつうに考えれば残るのは若い私ですから、この日が来るのは想像していました。それに、結婚していれば離婚という形の別れだって訪れる可能性もあります。だから結婚をした当時から、どんな形であれ別れがやってきたときに後悔しないよう、毎日を自分らしく精いっぱい生きようと努めてきたのです。

もしも姑と夫の死を間近で見ていなければ、おそらく私にとって死は恐怖であったことでしょう。人は残されたものに、「死とはこういうものだ」というメッセージを示して逝くものなのかもしれません。

死に対する心構えをもち、また死への恐怖をやわらげるためにも、人の最期《さいご》を見ておくことは必要なのかもしれません。

そら豆ひとつに日常の「けじめ」

詩人である谷川俊太郎《たにかわしゅんたろう》さんのお父さまで、哲学者の谷川徹三《てつぞう》先生には、夫が十代のころからお世話になっていました。

お住まいが近かったこともあり、徹三先生の奥さまには暮らしのこと、おつきあいのことなど、いろいろなことを教えていただいたものです。私にとっては、もうひとりの姑のような存在でした。

お食事の招待を受けて、谷川先生のお宅におじゃましたときのことです。

食卓に出されたそら豆を見て、私はハッとしました。

そら豆はみずみずしく輝き、粒の大きさが見事にそろっている。

奥さまは、食卓にのせる三倍以上のそら豆を買ってきて、丁寧《ていねい》によりわけ、粒のそろった美しいものだけを私たちに出してくださっていたのです。

ふだんは、「おからを炒《い》ったけど、食べる?」なんて気軽に声をかけてくださるような奥さまでしたが、人を食事に招くときには、はっきり日常とは区別する。

まさに、もてなしの心と、ふだんの生活にきちんとメリハリをつけることの大切さを、そのとき教えていただいた気がします。


また、あるときには厳しいお叱《しか》りを受けました。

夫が連れてきたお客さんと、陽気に歌をうたったりしてわが家で夜遅くまで騒いでいると、奥さまが裏口から私を呼んで一枚の手紙を置いていかれたのです。

「ご近所には重病人がいる、少しはまわりのことを考えなさい」

きっぱりとした一文にドキリとさせられ、知らなかったとはいえ、なんて心ないことをしてしまったのだろうと大いに反省しましたが、奥さまの注意の仕方に後味の悪さはまったくなく、それは愛のこもったお叱りでした。

呼び鈴を鳴らして逃げようとする近所の子どもをつかまえて、「ダメ、そういうことをしちゃ」と大声で怒鳴っていらした奥さまの姿をお見かけしたこともあります。

昔の日本では、よその子でも悪いことをしたら大人が叱った。これも愛です。

第三章

ひとりを存分にたのしむ
私の暮らし方

自分がおもしろくなってきた

「ぼくは自分が老人になるなんてことを、まったく考えていなかったから、年をとってはじめて出会う自分がおもしろくてたまらない。毎日、これが老いというものなのかと、知らなかった自分とつきあうのに興味がある」

夫は晩年、こんなことをよく口にしていました。

当時の私にはピンときませんでしたが、いまは夫の言葉が身に染《し》みてわかるのです。

ひとことでいえば、私はいま、自分がおもしろくなっています。

ただし夫とは違う意味で、です。夫は健康が衰《おとろ》えてから急激に「老い」を感じたらしく、老いた自分との出会いをおもしろがっていました。

私はずっと健康できました。もっとも、「はじめまして」といいたくなる自分の加齢変化も経験してきましたが、私にとって何よりも大きい老いの変化は、姑《しゅうとめ》と夫を見送ってひとりになってから、二十四時間が自分のものになったことです。
これは六十六歳からの、初めて自分の手に入れたしあわせだったのです。

かつては「夫のために」「姑が喜ぶだろうか」という気負いや義務感で動いていました。でもいまは、それがありません。もっとも、いまだに週一回は原稿の締め切りがあり、ひとりといえども家事もありますから、何やかやとやることはあるのですが、それはすべて自分のため。喜びや悲しみを分けあった家族をなくし、誰かのために何かをする張りあいをなくしたことは事実ですが、それと引き換えに私は「自由」を得たのです。

あえて子どもをもたなかった私は、自分の生活の中に子の存在を感じることはなく、老いて子どもに面倒を見てもらうという想像すらしたことがないので、ときどき人からいわれる、「お子さんがいないのは、お寂しいでしょう」という言葉も、特別には響《ひび》きません。

縦《たて》の関係でいえば、いまの私はまったくのひとりなので、実生活上の雑事や心を痛めることがない。だからといって孤独というわけではなく、お茶や食事のしたくをして気の置けない来客を迎えるのはたのしいし、仕事上の来客もある。また、妹を亡くしてからは、甥《おい》や姪《めい》が何かというと母親代わりに私を家族の中心に置いてくれ、その子どもたちとも親しいつきあいをしているので、横のつながりはたしかにあるのです。

実生活が自由になると、心にも余裕が出てくるのでしょうか、あるいは年齢のせいなのかもしれませんが、考え方にも少しずつ変化が表れてきました。

まず、自分のできること、できないことがハッキリといえるようになり、人とのおつきあいにおいても妙な遠慮はしなくなりました。

また、これまでは人との会話の中で知らない言葉が出てきても、自分の無知をさらけだすようで「それどういう意味？」とは聞けずに、家に帰って調べるようなところがありました。そして人前で疲れた顔を見せないように、いつも気を張っていたのです。

けれどもいまは、ありのままの自分を受け入れて、「そんなに無理をしなくてもいいのよ」と自《みず》らにささやくゆとりまで手にしている。

私にとってはこれが、「老いてはじめて出会う自分」。そして、かつては想像もしなかった自分の変化を、心からおもしろいと感じているのです。

私に残された持ち時間はあとどのくらいあるかはわかりません。けれども、ありのままの自分を生き、自由を味わいつくす月日がおもしろくないはずがないではありませんか。

年を重ねると人づきあいはいっそうたのしい

年を重ねて体力が衰えてくると、いろいろなことが面倒になってくるものです。

ゴミを出しに行くのが面倒になる。アイロンをかけるのもしんどい。字を書くのも、新聞を読むのも気づくと億劫《おっくう》になっているという話をよく聞きます。その延長線上に、ちょっと人に会いに行くのも面倒になるということがひかえていることでしょう。

そのとき、「どうせ年なんだから、つきあいなんてもういいや」とあきらめてしまったら、その瞬間からどんどん世間から遠ざかってしまいます。

しかし、それではもったいない。人づきあいということでいえば、それは年をとるといっそうたのしいものになるのです。

早い話、上司にお世辞《せじ》をいわなければならないようなつきあいをする必要がなくなる。若いころと違ってもう見栄《みえ》も体裁もいいやという気持ちになり、へんな遠慮をしなくなります。義理のおつきあいもしだいに減っていき、気の合う相手と好きなときに好きなだけつきあえばよくなってくるのです。

仕事が中心の生活だった五十代までの私は、こんなのびやかで心地よいつきあいというものを知りませんでした。六十歳で義理を欠くことを知ってから、何にもとらわれない自由なおつきあいを心の底からたのしめるようになったのです。

外に出ていくのが面倒なら、若い人が相手ならば「うちへ来て」と頼めばいいし、年寄りどうしなら、電話でのおしゃべりでもよいでしょう。

人と接すること自体が社会との窓口になりますから、とかく殻《から》にこもりやすくなる高齢者ほど、人づきあいが大切になってくると思います。

ひとりで地に足をつけて生きていくことは大切ですが、同時に人はひとりでは生きていけないものであるという事実も忘れないでいたいものです。

生きることは人とかかわり続けること。ときにわずらわしさを覚えながらも、やはり心はずみ、ときには刺激を受け、そして癒《いや》されるのが人のおつきあい。それを上手にたのしむには、つきあう人にとっての自分も、相手にとってそういう存在でなければね、とも思います。

お勘定のマイルール

「ここは私が」「いえいえ、とんでもない」「でも……」。

女性たちが、お会計をめぐって食べもの屋さんのレジの前でもめている——。たびたび見かける光景ですが、それを眺《なが》めているこちらのほうが恥《は》ずかしくなります。

はじめから、「ここは私が払うから」とか、「今日は割り勘にしましょう」と決めておくか、その場では相手に支払いをまかせて、あとで話しあえばいいのです。

私は食べもの屋さんでの支払いについては、自分なりのルールをつくっています。

まず、自分が誘ったときには自分が払う。「ごちそうするわよ」と相手から誘いがあれば、そのときは素直に「ごちそうさまです」と払っていただく。しょっちゅう会う人なら、次回は自分がごちそうするなりして、だいたいトントンにしておきます。

ときには、友だちとの食事にそのご主人も加わって、三人で出かけることもあります。そういうときは、たいてい男の人が払おうとするし、友だちも「あなた払っておいて」などというので、この場合も素直にごちそうになります。

こういうときは、「私が」などと変にでしゃばると、男性に恥《はじ》をかかせることにもなるので、「はい」と従っておくに限るようです。


食べもの屋さんでの支払いといえば、こんなこともありました。

かつて、十数人ほどのグループで出かけた帰りに、みんなで中華料理屋さんで中華うどんを食べたことがあります。

このお店のことを話したのは私だったので、お勘定《かんじょう》は自分がもつつもりでした。食事が終わり、さっと支払いをすませて席に戻ると、「それはいけませんよ」とみなに怒られてしまったのです。

それ以上、「ここは私が」というのもおこがましい気がして、「それでは、みなさん○円ずつください」と、すぐに割り勘にしました。

いずれにしろ、外で人と食事をするときにお勘定は、ある程度のルールをもちつつ、その場の雰囲気を見て、もっともみんなが気持ちのよいと感じる自然な形で行うのが好ましいといえるでしょう。

年寄りだってひとりになりたい

「おひとりでは寂しいでしょう」

これまでに、この言葉を何度いわれたかわかりません。

なかには、「うちには孫たちもいますから、遊びにいらっしゃいませんか」と親切に誘ってくれる方もいます。ありがたいことです。けれども、私にとってひとりでいるのは決して寂しいことではないのですが、相手の厚意には感謝します。

老後は子どもと同居するのがしあわせだと考えている人が多いから、「独居の老人＝寂しい」という方程式でもできあがっているようです。

はたして、ほんとうにそうでしょうか。

連れあいに先立たれたという七十代の女性たち三人の集まりに招かれたことがあります。三人ともいまはひとり暮らしが快適で、子どもたちがいつでも一緒に住むことを提案してくれているけれど、動けるうちはひとりがいいという。

私のまわりを見ても、すべてのお年寄りが誰かと暮らしたいと願っているわけではなさそうです。人生の盛りをすぎてひとり静かに暮らしたいという気持ちもあるだろうし、エネルギーに満ちた幼い子との暮らしは、孫はかわいいけれど疲れるという現実もある。


とくに私は人といると気をつかいすぎてしまうところがあるので、よそさまの家庭におじゃまして変に気をつかうよりは、ひとりでデレッとテレビでも見ていたほうが自分らしい時間がもてるのです。

だから、そういった厚意に対してはお礼だけをいって、甘えないことにしています。そしてなによりも、私は三十年間続けてきたひとり暮らしが好きなので、いまさら誰かと暮らそうとは思いません。

価値観なんてみんな違うし、個性はそれぞれです。老人は、あるいは女はこうあるべしなんて決めつけてしまうと、生きるのが窮屈《きゅうくつ》になってしまうでしょう。

ものと別れるタイミング

私はいま、暇さえあれば蔵書の整理をし、ジュエリーなどは「少し早い形見分けよ」といって人に差しあげたりして、少しずつ身のまわりのものを減らしています。

わが家には、四十年にわたる夫婦生活の間に買い集めたものが、いたるところに根を下ろしている。その中にはいただきものもありますが、不思議なことに、いただきもののほとんどは消えていった。ましてや結婚式の引出物《ひきでもの》のようなものはまったくといっていいほど残っていません。

そのかわり、他人から見れば何の価値もないようなものが、私にとっては大切にとっておきたい、なじみの品であったりするのだから困ってしまいます。ひとりが生活する場としては広すぎるはずの家の中が、整理できないのです。

亡くなった夫も私も、身のまわりに置くものは自分たちなりの基準で選んできました。食器にしても万年筆にしてもまず、気に入らないものを「がまんしながら使う」ということは避けてきました。

そして、買うときには金額だけにとらわれず、そのものと「長くつきあえるかどうか」を自分に問う。少々値は張っても、何十年も気持ちよく使い続けられるものなら、結果的には安いといえます。

私は器《うつわ》が好きで、三十代のころに買った、お気に入りの作家の作品がいまでもいくつか手もとにあります。

また、かつてフライパンや鍋類などの調理道具は、かなり厚手のものを選んで買いそろえていました。

十年ほど前までは、そのフライパンを使って卵十個分ぐらいの厚焼き玉子を焼いても何でもなかったのに、あるときから、長年使ってきた道具がなんとなく重くて扱いにくくなってきた。いまは銅の卵焼き器で卵十個分の厚焼き玉子をつくると、必ずあとで左手が痛くなるのです。

また食器類も、私好みのどっしりとしたものは、やはり重さが負担になって食卓に出る回数がぐっと少なくなりました。

人は年齢ごとに変わっていくもの。どんなに吟味《ぎんみ》して選んだ気に入ったものでも、変わりゆく自分には不要となるものが出てきます。そのときが、ものとお別れするタイミングなのかもしれません。

頭ではそう理解しているつもりですが、深くなじんだ品だけに簡単には処分できない、というのもまた事実なのです。

生きがいとは、自分のために好きですること

先日、急にお肉が食べたくなり、さし（霜降り）の入っているおいしい牛肉を、ニラとしらたき、お豆腐とともにパパッと煮て、ひとりでぺろりと平らげてしまいました。

かつては、「夫がおいしいというだろうか」「おばあちゃまの口に合うだろうか」ということだけを考えながら料理をしていた私ですが、ひとりになってようやく、自分のために料理をするというたのしみを知ったのです。

料理ひとつとっても、自由といえば私にとって、いま以上の自由はありません。ただし、自由を感じるためには、何か生きがいをもたなければ、むなしいに違いありません。

ひとりの目覚めに「今日も何もすることがない」という一日のはじまりを感じたら、

朝から力が抜けていくでしょう。

急に生きがいといわれても、雲をつかむようでピンとこないかもしれませんが、とくに構えて探す必要はないと思うのです。自分が好きだと思うもの、これがあれば一生退屈しないですむというもの、それが生きがいです。

私にとっては、メダカを飼っているのも生きがいなら、草花に水をやるのも、庭の野菜をとってきて食べるのも生きがい。私がエサをやらなければメダカは死んでしまう。草花の水やりを怠《おこた》れば枯れてしまう。

私の場合、そんなことも自分がしっかりしなくてはという生きる張りあいにつながるのです。そういう何かがないと、年寄りのひとり暮らしは生きるのも面倒になってしまうかもしれません。


読書が好きな人ならそれもよいでしょう。何かできそうなことをひとつ見つけてやってみると、その中は案外広くて深いのです。さらに、自分の生きがいが少しでも人のお役に立てることであれば最高です。

人間はいくつになっても、自分が燃えることのできる「何か」が必要なのではないでしょうか。そして、小さなことでも生きがいをもつことで、ひとりの時間の濃度ががらりと変わってきます。

小さなボランティアに参加してみるのもいいこと。人の役に立てるなんて最高のしあわせでしょう。

誰に与えられたわけでもなく、私はそうした「生きがい」のある暮らしを、自分なりに得る努力をしてきたつもりです。

本気でたのしむときは「ひとり」でなければ

旅行でも何でも、ほんとうにやりたいことは、ひとりでなければできないと私は信じています。それは、自分の経験から来るもので、わがままな夫と暮らしていくためには、私が彼に合わせていくよりほかはありませんでした。

それが習慣になっているので、私は人と一緒に旅行をしても、いつも他の人たちに合わせています。自分から旅の企画を立てることもなく、誰かのプランに対して意見をいうこともない。

そんな性分だから、本当に旅行をたのしもうと思ったら、ひとりで行くしかないのです。グループで旅行をすれば、一日中誰かと一緒にいて、着替えるのもお風呂に入るのも、寝るときでも相手のことを気にしなければならない。それだけで疲れてしまうし、一緒にいれば話もしなければと気をつかうことになる。

その点、ひとり旅なら誰に気がねの必要もありません。お寺が気に入れば好きなだけ座って見ていられるし、好きな時間に好きなものを食べ、疲れたらホテルに戻って休めばいい。

気の合う仲間と行く旅にも、そのよさはもちろんありますが、旅にかぎらずひとりで何かをするという充足感は格別です。

ちなみに私は、買いものでも美術館でも基本的にひとりで行きます。つねに誰かと一緒でないと、行動ができないのは不自由だと思います。ひとりを存分にたのしみ、そして仲間ともたのしい時間を過ごす。いまのそんな人づきあいのスタイルを、私はとても気に入っているのです。

楽なほうへ傾くのは早い

友人の娘さんが、ときどきわが家に泊りがけで手伝いに来てくれます。手の力が衰えて私にはできなくなった台所仕事などをてきぱきとこなし、料理上手の彼女は滞在中、一切の料理を引き受けてくれるので、とても助かっています。

そのうえ、私が朝と晩に飲む血圧の薬を出すと、さっとぬるま湯をもってきてくれる。自分のお母さんが私よりも高齢で、家にいるときにはお母さんの世話をしているので、ごく自然に私にも親切にしてくれるのです。

その親切に甘えていた私が、彼女が帰った日、薬を飲もうとして水をもってくるのを忘れてしまった。思わずギョッとしました。人に頼ればすぐに能力は低下する。楽なほうへ傾くのは早いということを、身をもって知ったのです。

働き盛りのころにも同じような経験がありました。

そのころは、家事を省力化してできるだけ時間を稼ごうとして、暮らしを便利にしてくれるものをいち早く取り入れ、自分でしなくてもいいものは機械にまかせていた。しかし、便利さに慣れてしまうと自分の本来もっている能力がどんどん失われていくことに気づいたのです。

ひとり暮らしとなったいまは、大きな冷蔵庫や食器洗い機、フードプロセッサーをすべて処分しました。ひとり分なら自分の手で行うほうが簡単で、うまくいくような気がします。ちなみに、料理、掃除、洗濯などは、これも運動だといい聞かせ、時間がかかっても自分でやることにしています。

できるだけ長く、当たり前の何でもない日常をたのしみたいからです。

気力、体力を温存するために多少の手抜きは必要かもしれませんが、まだできることを放棄してしまうのはダメだと思う。楽なほうへ傾けば、無限にそちらに倒れていきますから。それが自立ということだと思うし、暮らしが雑になると、心までザラザラしてくるような気がします。

ところで、秋深くなるとわが家の庭には、「つわぶき」があちこちで花を開きます。夏の間に生い茂った雑草を刈ったあとの黒土に、鮮《あざ》やかな黄色が映《は》えてとても華《はな》やか。根分けをしてひょいと土に埋めておくと、すぐに根がつくという強さも備《そな》えているつわぶきは、私の好きな花のひとつでもあります。

この花が咲きはじめると、私は厚地のコート類を出して風に当てたり、電気毛布にカバーをかけたりと、冬じたくをはじめるのです。

また、萩《はぎ》が咲けば「秋じたくはすんだか」と念を押されているような気になるのは、庭に咲く花に季節を教えられて、それを自分の「家事ごよみ」として久しいからです。

家族もいないいま、季節ごとの家事をあわててやる必要もないのですが、花たちが背中を押してくれるおかげで、なんとかこなしていけるのはありがたいことです。

ひとりでこの世を去るのは悪くない

私には数十年来のつきあいの親しい友人がいました。彼女も私と同じひとり暮らしで、子どもはいません。年老いてからたまたま近所に越して来たこともあり、わが家にもよく遊びに来ていて、とても仲よくしていたのです。

ある日、彼女の姪御《めいご》さんから電話がかかってきました。

「私が訪ねたら、おばが亡くなっていました」

そのとき私は、彼女の突然の死に驚くとともに、不謹慎《ふきんしん》だと思われるかもしれませんが、心のどこかでよかったなと思いました。

それは生前、彼女がよくこうもらしていたからです。

「誰にも迷惑をかけずに、ころりと逝きたい」

同じことを望んでいるお年寄りは多いと思います。しかし、死はいつどのような形でやってくるかわかりません。その点、彼女は自分の希望どおりになったのですから、ある意味でしあわせだったといえるのではないでしょうか。

高齢者がひとりで暮らしていれば、真夜中に誰にも気づかれずに死んでいくということなどは、十分に考えられるでしょう。

けれども、それは別に悲しいことではありません。

ひとりで暮らすことにしあわせを感じ、彼女のように人の手を煩《わずら》わせたくないと考えていたのであれば、ひとりでそっとこの世を去るのも悪くはないといえましょう。

「孤独死」という言葉があります。

誰にも看取《みと》られずにひとりで死んでいくことをいいますが、たとえ家族に手を握られていても、死ぬときはみんなひとり。おしなべて死とは孤独なものなのです。

だから、いわゆるマスコミで報道されているような、孤独死のネガティブなイメージにあまり惑《まど》わされないほうがいいと私は思うのです。

二〇〇九年に女優の大原麗子《おおはられいこ》さんが亡くなったとき、「豪邸で孤独死」というコメントが大々的にテレビで流れました。それを見て私はとても腹が立った。あれだけ活躍された方だから豪邸に住むのも当然だし、あえてひとりの生活を選んだのかもしれない。自宅でひとりで死ねば、「孤独」というレッテルを貼られてしまうのは、どうも腑《ふ》におちません。

今日はピンピンしていても突然、心臓発作に襲われるかもしれない。あるいは、外出中に交通事故に遭《あ》うことだってあるかもしれません。人間ドックから出てきて、数値には何も異常がなかったのに、次の日に死んでしまった人もいます。

人間、先のことはわからない。だから、いまを精いっぱい生きるしかないのだと思います。

いい生き方はいい死に方につながる。自分の人生をちゃんと生き切ったのなら、その死は美しいものであるはず。それがたとえ、たったひとりで迎えるものであったとしても。

お金には代えがたい価値

大荒れの天気に見舞われたあと、親しくしているご近所の工務店の店主、中村さんが、「大丈夫ですか」とわが家に立ち寄ってくれました。

建物をぐるりと見たあと庭も点検してくださり、最後に屋根をチェックして「なんとかもう少しは持ちこたえそうだ」と。いつ壊れてもおかしくない古い家なので、プロに見てもらって安心したことはいうまでもありません。


また、近所の電器屋さんとは夫が飲み屋さんで知りあって意気投合し、すっかり仲よしに。あるとき、私が留守の間に手伝いに来てくれた人が電気釜と電子レンジとエアコンを同時に使ったらしく、ブレーカーがおりてしまいました。

夫は電気のことには弱いので、ブレーカーにさわることもできない。その人も使い方がわからず、あわてた夫は飲み仲間の電器屋のご主人を電話で呼びたてました。ブレーカーを上げるためだけに、わが家に呼ばれたのです。蛍光灯がつかないのですぐに来てもらったら、コンセントが入っていないということもありました。

そのたびに私は平謝《ひらあやま》りをするばかりですが、どんなときもご主人は嫌《いや》な顔ひとつせずに、「いつでもどうぞ」といってくれる。

そのかわり、電気釜からテレビまで、電化製品はすべてその電器屋さんで買うことに決めていたし、電化製品の修理もすべてお願いしていました。

ご主人が見えるとお茶を出し、「暑いですね、最近の商店街はどうですか」「このまじゃつまらないね」などと、ちょっとした世間話がはじまるのもまたたのしいのです。

その電器屋さんもやがてお婿《むこ》さんの代になりました。

私は夫が亡くなってからも、アンテナの調子が悪くなればお婿さんにお願いして取りかえてもらうなど、とにかくわが家の電化製品に関しては、すべてこのお店におまかせしていたのです。

しかし、残念なことにお婿さんも五十五歳の若さで亡くなり、お店を閉じてしまいました。なにかと頼りにしていたので、ほとほと困ってしまいました。

思えば私は、ご近所のお店にずいぶん助けられてきました。

おいなりさん用に油揚げを頼むと、「忙しいんだろ、開いといてあげるからね」と、奥さんが開いた油揚げを用意してくれたお豆腐屋さん。

急な雨に濡《ぬ》れながら歩いている私に、「もっていかない？」と傘《かさ》をもたせてくれた、お菓子屋のおばさん。その昔、親しくしていた近所のお肉屋さんに、「シチューをつくりたいんだけど」といったら、すね肉をもってきてくれたことがあります。「これは安いし、味がよく出るから、たっぷり煮るといいんだよ」といいながら。

しかし、時代とともに町の風景は変わりました。近所の商店街に古くからあったなじみのお店が次々に姿を消し、新しくできるのは、パチンコ屋やハンバーガーチェーンの店、百円ショップなど。こういったお店では声をかけあうこともありません。

家電量販店や大きなスーパー、あるいは百円ショップなどに行けば、同じものでも個人商店より安く買えるかもしれません。けれども私にとっては、対面で話せてちょっとした情報交換もできる、なじみのお店がとてもありがたいのです。

私はコンビニエンスストアでも売っているボールペンや消しゴムも、まだ残っている昔からの近所の小さな文房具屋さんで買いますし、近くの酒屋さんではお酒やみりん、サラダオイルなどを買って配達してもらう。年寄りはそんな重たいものなどもてないから、とても助かっています。

売りこみにきた業者に家の修理を頼んだら、のちに泥棒に入られたという話を聞いたことがあります。昔からよく知っている人ならそのようなことはないし、手抜き工事や妙なものを売りつけられる心配も無用。

とくにひとり暮らしの高齢者にとって、長年の信頼関係から生まれる安心感は、お金には代えがたい価値をもっているのです。

周囲に心配をかけない気ままな生活

「今日は休みだから電話もかかってこないだろう」と、朝寝坊を決めこんでいた日曜の朝、寝床でうとうとしていると、ベッドに近い窓の外で女の人の声がします。

「どうしたの？　具合でも悪いの？」

心配そうに話す声の主は、近所に住む同世代の友だちでした。その日は姑の命日。友だちは律儀にも、おはぎとお花をたずさえて訪ねてきてくれたのでした。ちなみにわが家は無宗教なので、その習慣がありません。

姑と夫の写真の前にそれらを供《そな》えてくれながら、友だちはこんなことをいう。

「いやあねえ、そういうことだったの。若いときだったら戸が閉まっていても、寝坊をしているのだろうと思うのに、この年になると倒れて起きられないんじゃないかと心配になる。年はとりたくないわね」

これには、苦笑《にがわら》するしかありませんでした。

誰にも気がねをせずに、好きな時間まで寝ていられるのは、ひとり暮らしの特権。とくに冬の朝などは、なかなかベッドから出ることができない。正直、毎日好きなだけ寝ていられたらと考えなくもありません。けれども、この一件を機に「人に心配をかけるようなことをしてはいけない」としみじみ考えました。

私はいま、毎朝八時半に起きてまずは雨戸を開け、いつも気にかけてくださる近所のみなさんに、今日も元気ですよとお知らせします。

門や雨戸を閉めたままだと近所の人が心配します。宅配便や速達が来ても対応することができません。そういうこともきちんと考えて生きていきたいし、自分を律していかないと身も心もどんどん衰えていく気がするからです。だから、自分で自分をけしかけ、むち打ち、励ますのです。

夜中に思いついて探しものをはじめても、誰にも迷惑がかからない。朝からゆっくりとお風呂に浸《つ》かることができる。疲れて帰って来て、今日は台所に立つのがしんどいと思えば、つくりおきのお惣菜《そうざい》でささっと夕食をすませる。家族がいたときは、どんなに疲れていても家に帰ればまず食事のしたくでした。

それを思いだしてはいまの自由を喜ぶのですが、一方で、ひとりであることがご近所の迷惑につながることにならないよう、自己規制を厳しくする必要性も感じています。

健康面においても、夫がいたころは、夜中まで仕事をしていると、「いいかげんにして休まないと、体をこわすじゃないか」といわれたものですが、いまは叱られることがない代わりに、自分で「いい加減にしなくては」と思わなければなりません。

自分の体を守るうえでも、また周囲に迷惑をかけないという意味でも、生活のルールを決めて自分を律していくことは、ひとりで暮らすものの責任だと思います。

ワンルームにあこがれて

余分なものを一切もたず、すっきりとしたひとつの部屋で、できるだけ単純に暮らしたい――これが、私にとっての老いの住まいにおける願いです。

働き盛りのときといまでは、生活スタイルも違います。これまでとは別な、ワンルームの家がほしいというあこがれが私にはあり、できることならもう一度小さな家を建てたいくらいです。

もう仕事上の気の張る来客もありませんし、私生活の場が友人や身内の人とのつきあいの場になってもかまいません。人と暮らしていれば、着替える場所など最低限のひとりになれるスペースが必要ですが、ひとり暮らしであれば、家じゅうすべてが「私の部屋」だから、どこで横になろうと、どこで着替えようと誰にも気がねはいらない。極端にいってしまえば、トイレの戸がなくても困らない。

さすがにそこまでは踏み切れませんが、いまの自分の生活においては、シンプルで自分らしく暮らせるワンルームがいちばんであろうと思うのです。

ベッドは低めのものを部屋の片隅に置き、蔵書は最小限にして、壁にスライド式の棚をつければ片づくでしょう。机と椅子、ソファぐらいはほしいけれど、これもコンパクトなものにして床は広くとりたい。

そうすれば、床に足を投げだして座ることも、ソファに腰かけてくつろぐこともでき、人が集まっても自由に座る場所を選んでもらうことができます。

大きなテーブルはなくても、会席膳風のお盆にごちそうをのせてひとりひとりに配《くば》り、床に座って円座をつくれば、ちょっとしたホームパーティだって可能です。

そんなことを空想していると、どんどん夢がふくらんできて、「いまある会席膳と、あの食器だけは手もとに置いておかなければ」などと、早く一室だけの家を建てたくなる。そしてたのしい気持ちだけがまさって、そのための資金はどうするかということには、なるべく触れまいとするのです。

しかし、現実に目を向ければ、姑や夫と過ごしたその家で、ごちゃごちゃと思い出の品に囲まれて、暮らしているというありさまです。

年寄りはものに執着が強くなるから、身のまわりに役に立ちそうもないものを置きすぎて、部屋を狭く汚くしているケースが多いと聞きます。つまり、部屋の整理をするためには、欲望の整理が必要になってくるのかもしれません。

また、年をとると視野が狭くなるため、身のまわりの片づけが面倒になって、つい部屋を散らかしてしまうのではないかという不安は私にもあります。だからこそ、少しでもものを減らしておきたい。

ワンルームの話に戻りますが、もしも家を建て直すなら、室内にはできるだけ段差をつくらない。コンセントを多くして、電気器具のコードを長く引っぱるようなことは避ける。奥行きの浅い戸棚をたくさんとりつけて、使ったものはそこに戻して自動的にものが整理できるようにする――。このように、足が不自由になったときのことを考えて、現実的なこともしっかり考えているのです。

もっとも、そんなことを夢みているうちにぽっくりといけたら、それに越したことはありません。

自分を助けられるのは「自分」だけ

人になぐさめの言葉をかけるのはむずかしい。

私はご家族を亡くされた方のところへお悔《く》やみに行っても、なんと声をかけてよいかわからなくて黙ってしまうのです。親族の悲しみは、こちらの悲しみとはまったく違うであろうから、「お力落としでしょう」といっても仕方がない。

でも、うまく挨拶ができなくても、無理にお悔やみの言葉を並べなくてもいいと、いまは割り切っています。お寂しいでしょうと思いながら、ただ黙って相手の目を見る。それだけでも、こちらの気持ちは伝わると思っていますから。

姪が七十代で連れあいを亡くしたときもそうでした。

私は「悲しいでしょうね」などというなぐさめの言葉をかけることはしませんでした。むしろ、寂しくて仕方がないと泣きながら何度も電話をかけてくる姪に、叱咤《しった》激《げき》励《れい》ばかりしていたような気がします。

「ないものねだりはしなさんな。延行さんはもういないの。今度はひとりをどうやってたのしむかを考えなさい」

「私にも自分の生活があるんだから、あなたにいつまでつきあってあげられるかわからない。人間はひとりなのよ。人に甘えちゃダメ」

そんなことをいうと、姪はまた泣きだしてしまうのです。


老人心理学、臨床発達心理学を研究されている、河合千恵子《かわいちえこ》さんの本に記されていた言葉で、とても印象に残っているものがあります。

「男も女も、結婚していればいつかはどちらかひとりが残されるのは、歴然たる事実だから、このことをライフサイクルの中に組み入れるべきだ」

八十代で配偶者がいる人は、男性七〇パーセントに対して、女性は一五パーセントと聞いたことがあります。つまり女性がひとり残される可能性はきわめて高いのです。

配偶者に先立たれるのは、もちろんさみしいことです。でも、「ひとりで寂しい」と嘆いていているだけで一日が終わるなんて、もったいない。

ひとしきり悲しみをかみしめたら、「どちらにしても、老後はみんなひとり。寂しさは同じじゃない」と発想の転換をし、これからの新たな人生を見据えて、プラスになることを考えて生きたほうがたのしいに決まっています。

なお、先ほどの姪には息子がいますが、私は「べつべつに暮らしなさい。同居はしないほうがいい」とアドバイスしました。

子に頼らずに、できるだけ自立して生きていくことが大切だと思ったからです。そして、「ひとりで暮らす以上、ひとり遊びができるようになりなさい」とも、ひとり暮らしの先輩として伝えました。

実はそのとき、姪に絵手紙をすすめたのですが、それがどんどんおもしろくなってきたようで、千代紙で張り絵をしたカードをつくるようになり、いまや「あちこちから頼まれて忙しいのよ」なんていっている。

さらに、和紙のお店でカードの展示会を開いたのがきっかけで、同級生との交流が再びはじまったのだとか。社会と接点をもつようになれば、こうやって人間関係も広がっていきます。

人生において、ひどく落ちこむようなことがあったとき、まわりがどんなにアドバイスをしても、最終的には本人が自らをなんとかしようという気にならないと、立ち直ることはできません。自分を助けられるのは、自分しかいないのです。

第四章　いいたいこと、伝えたいこと

悪口やうわさ話に巻きこまれないために

「あいつは無駄に明るい。ようするにバカなんだよな」

食べもの屋さんで、サラリーマンとおぼしき男の人たちがビールを片手に、笑いながらこんなことをいっているのを見かけました。

男どうしの場合、悪口も深い悪意が込められているわけではなく、酒の肴《さかな》のようなカラッとしたものであったりするものです。


ところが女性どうしの場合、それが身も蓋《ふた》もない真実であったり、その人をひどくおとしめるような悪口が多いように思います。それは酒の肴というレベルのものではなく、底意地の悪さを秘めたもの。傍《かたわ》らで聞いていても思わずひやりとするような、ある種の冷たさを帯びています。

そして、人の悪口をいっているときの女性の顔は、どんな美人でもゆがんで、冷たい表情をしているように見えます。

バスの中で嫁への不満をいっている姑《しゅうとめ》も、喫茶店でテニス仲間をののしっている主婦も、陰でお客さんのうわさ話をするデパートの店員もみんなそう。およそ品性を疑わせるように見えます。

「人の悪い点を見つけて、あれこれいうのはバカバカしい。よいところを見る努力をしなくちゃダメだ」と、よく夫はいっていました。

ご近所のうわさ話や、仲間内の悪口をいったり聞いたりする機会は、女性なら多かれ少なかれあることでしょう。それをバカバカしいと感じるなら、「ちょっと失礼」といって、なるべくそこに加わらないことです。

私は他人の悪口やうわさ話には、参加しないことにしています。

若いころ、うわさ話をしている人に、「ねえ、そうでしょう？」と水を向けられて、「そうね」と軽い気持ちで相槌《あいづち》を打ったばかりに私も同意したことになり、ひどく迷惑したからです。

以来、もしも会話の中で悪口を聞かされたら、「そうね」ではなく「そうですか」「そうなの」などと答えるようにしています。

これなら相手をひどく不快にさせることもありませんし、少々そっけないかもしれませんが、それでかえって相手は私に悪口を話す気をなくすと思うのです。

相手を疲れさせる人、なごませる人

三十代のころの話になりますが、知人に誘われて初めてヨーロッパを旅しました。私が経験した唯一のツアー旅行です。

同室になったのは、どことなく暗い感じの女性。女学校の先生のように堅い雰囲気で、正直苦手《にがて》なタイプです。一ヵ月ほどの旅の間、この女性と同じ部屋で寝起きをするかと思うと、少々気が滅入りました。

女性どうしの旅には、イザコザがつきものです。旅も中盤にさしかかると、ほぼすべての部屋でケンカがはじまり、中には泣きだしてしまう人もいた。ところが、私たちふたりは、ただの一度もケンカをしなかったのです。

同室の女性は、暗いだけあって無口でした。だから、こちらもしゃべらない。これがかえってよかったようです。

ふたりでいるのに、ひとりでいるような落ち着いた気持ちになれる。とはいっても、仲たがいをしているわけではないので、最低限の会話はします。たとえば私が、「お風呂、お先にどうぞ」といえば、翌日は彼女が「今日はそちらがお先に」といい、おたがいにバスタブをきれいに洗って、お湯を張ってから出てくる。そうしたエチケットを守っていたのも、心地よさにつながったのでしょう。

一方、別の旅行ではこんな女性に出会いました。

一泊の旅行だったのですが、行きも帰りもその人はひたすらしゃべり続けている。しかも、話す内容は自分のことばかり。最初はハイハイと聞いていた人たちも、しまいには疲れ切ってしまい、帰りの列車では敬遠して彼女から離れていく始末。おしゃべりをしている本人は、自分が話すことに夢中で、人の反応など見ていないから、相手がうんざりしているのにも気づかないのです。

人間関係でトラブルを起こしやすいのが、このような相手かまわずのタイプの人ではないでしょうか。

人づきあいとは、つくづく一方通行ではダメで、双方向の感覚をもつことで初めて成立するものだと感じます。

女が急変するとき

旦那《だんな》さまに対してとても従順な知人がいました。性格もおだやかで物腰が柔らかく、私たちはお手本のように思っていたのです。

ところが、彼女が六十歳を迎えたころに旦那さまが亡くなると、とたんにたがが外《はず》れたのか、自分本位な女性に変わってしまったのです。これにはまわりも驚き、実の娘さんも「母がわがままになって、困っているんです」と話していました。

街を歩いていても、ホテルのロビーや観光地に行ってもよく見かけるのが、五十代、六十代の女性グループが道をふさぐようにして、ペチャクチャとおしゃべりをしながら歩いている姿。

子どもも巣立ち、家事という縛《しば》りからも解放されて、ようやく自分の時間がもてる年代。このタイミングで、やはりたがが外れたように、わがままになる女性も多いようです。

もちろん誰もがそうなるというわけではありませんが、緊張の糸が切れたときに、女は急変することがあるという事実を、自分への戒《いまし》めとして、頭の片隅に入れておきたいものです。


もっとも、若い女性でもこのようなケースがあります。

数年前の冬に、よんどころない用事で銀座に出かけたときのこと。

その日は土曜日で、銀座の大通りは歩行者天国。最近は足が少し重たいのでタクシーで帰ろうと思い、道ではつかまらないからタクシー乗り場まで歩いてようやく車に乗りこみ、ほっとひと息つくと、運転手さんが堰《せき》を切ったように話しかけてきました。


どうやらひどい客を乗せて、ようやく気持ちが落ち着いてきたというのです。

「いやにスタイルのいい女の子が乗ってきたと思ったら、急いでるからと、右折禁止のところで、誰も見ていないから右に曲がれとか、急にこの道を入れとか、自分だけの道のような気になっているから、『違反はできない、降りてくれ』と告《つ》げたら、料金も払わずに、降りていったんですよ。降り際に『私を誰だと思ってるの』なんて捨てぜりふを残して」

運転手さんは気の毒ですが、私はその話に少し興味をもって、「そんな理不尽《りふじん》なことをいう客は、男女どちらに多いの」と聞くと、女との答え。そして、これまでに経験した同じようなエピソードを運転手さんは話してくれました。

女が社会的な常識に欠けているとはいいたくありませんが、私は何かひとつの課題をもらったような気になったものです。

親友とお別れする日

高名な生化学者であった江上不二夫《えがみふじお》先生の奥さま、江上由紀《ゆき》さんは私よりも二歳年上で、二十代のころ一緒にエスペラント語を習っていた仲。やがて二人とも結婚し、彼女には子どもができ、そしてふたりとも夫を見送りました。

戦争中など、何年か行き来が途絶えた時期もありましたが、数年ぶりの再会でも、会えば昨日別れたかのようにすぐに話がはずむ。そんな、かけがえのない親友です。

彼女は、はっきりとものをいう、表裏のないほんとうに素直な人。その人柄から私は身内のような気持ちでつきあっていました。

江上先生と結婚される一ヵ月前、先生が本を出されて印税が入ったので、私たちふたりにご馳走してくださることになりました。

先生はフランスから帰られてまだ間もないころ。おいしいワインを注文してくださり、あまりにもおいしいので私はどんどん飲んでしまい、あっという間に三人でボトルをあけてしまいました。先生が「もう一本飲む？」というので、私たちは即座に答えました「ええ、飲みたいです」。

次に会ったとき、親友の彼女は私に打ち明けました。「実はワインのほうが三人分のお料理よりもずっと高かったんですって。で、彼がね、『印税はもらったけど、残ったお金はこれだけ。ユキちゃん、今月はこれで家計をやりくりしてね』だって」

そんな話を平気でしてケラケラと笑っている。私は申しわけない気持ちでいっぱいになりながらも、「こんなことまで話せるのも、友だちどうしだからね」と、うれしく思ったことを覚えています。

あるとき、当時一家で名古屋に住んでいた彼女が、ふらっと東京に出てきて、私にこう告げました。

「乳がんの疑いがあるといわれたの。もしものことがあったら、ふたりの子どもたちの相談に乗ってやってね。それをいいたくて、出てきたのよ」

幸い乳がんではありませんでしたが、親友というのは、ふだんは淡々としていても、いざというときには何かせずにはいられなくなるようです。

年老いてからは娘さんと一緒に暮らしていて、私はよく遊びに行ったものです。

その彼女が突然、脳梗塞《のうこうそく》で倒れました。

お見舞いに駆けつけたものの、昏睡《こんすい》状態だから私のことはわからない。それでも私は、ときどき彼女に会いに行きました。そして入院から約半年後、意識が戻らないままに亡くなってしまったのです。


ひどくショックでした。そして親友の死を目の前にして、いつかしみじみとふたりで話したことを思いだしました。

「年をとれば、どちらかが先に逝《い》くわけね。それは当たり前のことよね」

どんなに親しい仲でも、お別れの日は必ず来る。彼女の死は、そのことをはっきりと教えてくれたように感じます。

ぼけたらどうしよう

ＭＲＩの検査をすることもなければ、アルツハイマー病などという言葉は誰も知らなかったころ、「あそこのおじいさん、近ごろ少しぼけてきたな」と誰かがいえば、地域のみんながそれとなく気にかけ、何かあったら面倒を見るというのが当たり前でした。まだあちこちの町に、人情というものが息づいていた時代の話です。

いまではＭＲＩで頭の中を詳細に調べて、「アルツハイマー型の認知症ですね」などと身も蓋もない病名をつけ、病人として家族で抱えこむことになる。隣近所で認知症の人を支えましょうなどといわれても、近所の人と挨拶も交わさないような都会では、そのようなことは無理からぬ話です。

ぼけたらどうすればいいか。

これは、社会にとっても個人にとっても難問題です。

私もいまは健康で身のまわりのことができるので気楽なひとり暮らしを続けていますが、このままぼけないという保証はどこにもありません。

最晩年、自分はぼけるかもしれない——。そう考えて、ぞっとするような不安におそわれることは確かにあります。でも、それを気にしておどおどと暮らしていても仕方がない。だから、「ぼければ、ぼけたなりに心の平和もあるだろう」と考えることにしているのです。

ただし、ぼけはまわりの人に迷惑を及ぼすことは確かだから、そうなったときの準備だけはしておきたいと思っています。


ぼけて人が変わったようになってしまった姑の晩年の姿を見ていた夫は、「なんとかぼける前にさよならをしたいものだ」といっていました。

日々読書に明け暮れ、まわりの者や勉強会の仲間に自分が読んだ本のことについていきいきと語っていた夫。その情熱的な印象を残したまま、夫がみんなとお別れすることができたことを私は喜びとしました。それは夫の望むところであっただろうと考えたからです。

できることなら私もこのままの状態で、ある日突然この世とさよならしたい。

そう願ってはいますが、これぱかりは思いどおりにはいかないものらしいので、天命にまかせるしかないのでしょう。

自分の介護は専門家にまかせたい

もし自分に娘がいたら、これをさせるかな。

姑の介護をしながら、そう自分に問うたことが何度もありました。

答えはノーでした。


私は姑が大好きでした。だから姑の介護をすることは嫌《いや》ではなかった。しかし、好きだったゆえに、ぼけた姑の姿を人に見せたくなくてひとりで抱えこんでしまった部分もあります。それが結果的に、自分を苦しめることにもなったのです。


介護は孤独な作業です。

病人のために食事の支度をし、お風呂に入れ、下の世話をする。がんばったからと誰にほめられるわけでもなく、ただ黙々と毎日これをくり返すわけです。

こんなこともありました。ようやくオムツをかえて汚れものを片づけ、やれやれと様子をうかがいに姑の部屋をのぞくと、オムツを嫌って外してしまっている。私はふりだしに戻って、また同じ作業をすることになるのです。

疲れも極限に達すると人にやさしくする余裕がなくなり、ふだんいわないような口調で、厳しく夫に当たってしまうこともたびたびありました。

しかし、二年半の介護の間、とても助かったことがあります。

週に一回、夫の弟夫婦が姑を車に乗せて、あちこちへ連れていってくれたのです。外に出れば、「こんにちは」と声をかけあう元気な人たちとの世界がある。病人のいる空間とはまるっきり違う世界です。また、弟夫婦にまかせて仕事で座談会に出たりすることで、ずいぶん世界を閉ざされないですみました。そうすると、姑に対しても、また、やさしい気持ちで接することができたのです。

私自身の在宅介護の経験から考えると、介護は社会化したほうが家族の愛情は長く続くのではないかと思います。嫌なことがたまってくると、人間の感情はどうにもならなくなることがあるでしょう。そのためにおきる悲劇は避けたい。

自分の介護はやはり、それを職業にしている人にまかせたいと思います。ただし、専門家にまかせるとしたら、当然お金がかかるわけですから、せっせと貯金をしておかなければなりません。でも、どうしても貯まらなかったら国に面倒を見てもらうつもりです。

日本人の多くは、お上の世話になったり施《ほどこ》しを受けることに、抵抗感を抱いているようです。でも、これは施しではなく当然の権利。私たちは、日本がめざましい発展を遂げる中で一生懸命に働いて、その裾野《すその》を支えてきた世代。よく働き、税金もたくさん納めてきたのです。

まっとうな権利を主張することを恐れることはありません。

最後のセレモニーは思いどおりに

かつて通夜や葬儀は自宅で行うのが一般的でしたが、近ごろは葬儀専用会館で、通夜から葬儀告別式、初七日とすべてを行うケースが増えてきました。

葬儀が業者の手で行われるようになると、当然のことながら予算によっても個々の差というものが出てきます。葬儀アドバイザーという仕事もできて、そういう肩書をもつ人などは、さまざまな葬儀の現場を見聞きしたうえで、このようにいっています。

「葬儀は車と同じくらい大きな買いものなのに、何の研究もせずに安易に業者にまかせてしまう人があまりにも多い。それでは、よい買いものはできないはずだ」

また、「葬儀というのは死者の処理であり、生活共同体からの離脱の儀式。それを行ううえで何が必要で何が不要かを考えて、死者にふさわしい送り方をすればよいわけで、それが残された者たちの癒《いや》しの場にもなるのだ」ともいっていました。

「明快な論理」だと私は感心したのを覚えています。

たしかに車を買うときには、たくさんのカタログを見比べ、何度も試乗をしてから気に入った一台を手に入れるのに、同じ予算でも葬儀となると、完全に思考がストップして、希望も何も伝えられないということが多いように思います。

人生の最後を締めくくるセレモニーは、自分の思いどおりにしてもらえるのがいちばんしあわせでしょう。

自分のためにも、そして残された人のためにも、どのような形で誰に見守られて送られたいのか、遺影はどの写真にするのか、お棺に何を入れてほしいかなど、葬儀に対する自分の希望をはっきりと家族などに伝えておくのがベストです。

そうすれば、人生最後の大きな買いものも、すべての人にとって気持ちよく遂行することができるに違いありません。

家の名義はどうなっている？

主人公は、夫の介護をして最期を看取《みと》った後妻さん。

彼女はなんと夫の四十九日の日に、三人の義理の子どもたちによって家から追いだされてしまいます。子どもたちは義理の母に育ててもらい、父親の介護もすべて押しつけてきたのに、父親が亡くなったとたん、世話になった義母を見放したのです。

――これは、「高齢者をよくする女性の会」のシンポジウムで、最後に上演された「後妻の悲劇」という寸劇です。

この日、会の代表の樋口恵子《ひぐちけいこ》さんは、会場にいる人たちにこんな質問をしました。

「現在、持ち家の方は？」

すると、大勢の女性が手をあげました。

「で、名義がご自分になっている方は？」と続けると、その手がパパパッと下がってしまった。持ち家でも、そのほとんどが夫名義だったのです。

その後にはじまったこの寸劇。実際にこのような例があったのでしょう。ありえない話ではありません。


マイホームを手にしたとき、「持ち家があれば、夫に先立たれてもここに住める」「住居に関してはとりあえず安心」と考える女性は多いことでしょう。

再婚するときにも相手は、「大した財産はないけど、家だけはある。おれが死んだらここで暮らすといいよ」などというものです。しかし、これは正確ではありません。

夫が亡くなったとき、妻へいくのは夫名義の財産の半分で、あとの半分を子どもたちが分けることになるのです。


したがって、家が夫名義になっていれば、子どもたちは半分の権利を主張することができる。それでも後妻がそこに住み続けたいのなら、家屋と土地の価格の半額に相当するお金を子どもたちに払う必要が出てくるのです。

お金を払うことができなければ、家を出ていかなければならない。しかし、家を出てアパートを借りようにも、高齢者に部屋を貸すところはなかなかありません。「まだ元気だから、ひとりで気ままに暮らしたい」と思っても、もはや身の置き場すらない。つまり、「後妻の悲劇」というわけです。

妻が持ち家を自分の名義にすることは、正当な権利です。

それをきちんと相手に伝えることは、すなわち自分を守ること。いまの日本では、夫よりも妻が後に残るケースがほとんどなのですから、将来のことをふまえて、夫婦間でこういったことを率直《そっちょく》に話しておくことも大切です。

ちなみに私も後妻。いまの家を建てるときは、はじめから私の名義にしておきました。

肉親という甘えに要注意

「きょうだいは他人のはじまり」という広く知られたことわざも、味わってみると奥深い言葉だと思います。

同じ両親に育てられ、きょうだいとして仲よく暮らしてきた間柄でも、それぞれが独立して違うしがらみができると交流も少なくなり、やがては血のつながっていない他人のような関係になってしまう。

そんな意味をもつことわざですが、たとえきょうだい間の交流は減っても、血のつながりは、何かのときにはしっかりと結びつくものだと思いこんでいる面がそれぞれにあり、「肉親だから」「きょうだいだもの」という甘えや無遠慮さが、何か起きたときに事を複雑にしてしまう場合も多いのです。

あとあとまでしこりを残すいざこざでよく耳にする例は、親の法事の費用や墓石をつくり直すといった場合の分担金をどうするかで、きょうだいの仲がこじれるというもの。

たとえば、長男は地味に暮らしていて、弟が景気のよい事業家である場合など、事情を察して弟が中心になって費用の負担をするといっても、長男としての兄は面目を失ったような気がして不機嫌《ふきげん》になるというようなケースがあります。

誰にも悪意はないのに、金銭がからむために心のいざこざが発生し、それがずっと尾を引くことになるのです。

また、男きょうだいはお互いをさらりと理解しても、その連れあいたちが、互いの持ちものや口のきき方など、ちょっとしたことに神経をとがらせ、それを夫に話すことで関係をこじらせるといったことも起こりがちです。

他人から見ればささいなことでも、やはり肉親という甘えがマイナスに働いてしまうことがままあるのです。

きょうだいの絆《きずな》を確かなものにしていくためには、お互いの生活や考え方を認め、お互いが頼らず甘えず、どうでもよいことには口を出さず、といったつきあい方をするのがいちばんよいのではないかと思います。

なお、肉親による甘えという点でいえば、親子間のお金の貸し借りも、私は基本的に賛成しません。

いまの子どもは甘えているから、親のところへ行けばなんとかお金を工面《くめん》してくれると思ってしまいます。そして親もわが子には甘い。

さらに、子どもというのは、親から借りたお金は返さなくてもいいと考える向きがあるようです。子どもにお金を出してやった結果、いざ自分が病気になったときには手もとにお金がなくて困った。そんな話も耳にします。

たとえ親子間であってもお金に関してはきちんとけじめをつける。どうしても融通《ゆうずう》しなければならないときは、借用書を書いてもらうことが必要でしょう。

すべては自分自身を守るため。何事においても、はっきりとものがいえる年寄りになりたいものです。

子や孫にこれだけは語り継ぎたい

赤ん坊のころからパチパチといたずら半分にキーを叩《たた》いたりして、パソコンや携帯電話に触れてきたいまの子どもたちにとって、パソコン操作はお手のもの。

それらに触れようともしないおじいちゃん、おばあちゃんの姿は、彼らにはむしろ奇異《きい》に映るかもしれません。そんなとき、「おばあちゃんの時代には、こういうものはなくてね。だから教えてくれる？」などといえば、孫は得意になって一生懸命に教えてくれるでしょう。

そのかわりに、おじいちゃん、おばあちゃんは昔の暮らしのことについて話をする。

知人の女性は、「おもちゃなんかなかったころは、自分でこうしてつくったんだよ」と草笛をつくって吹いたり、笹舟をつくって水に浮かべて見せたりしたら、孫たちは初めて見る遊びに、ヘエとびっくりして目を輝かせていたといいます。

昔の話など、子どもは興味ないだろうと思うかもしれませんが、そんなことはない。未知の世界のことに対しては、子どもは興味しんしんで耳を傾けるものです。そして、こうした異なる世代間のコミュニケーションの場から、文化の継承というものがなされるのではないかと私は思っています。

昔はひとつ前の世代から、ものを教わるというのは当たり前のことでしたが、核家族の多い現代ではなかなかそのチャンスがありません。

せめて孫が遊びに来たときに、昔の話をちょこっとするとよいでしょう。それがお正月であれば、おせち料理にそれぞれどんな意味があるかを話して聞かせるのもいい。そういったことを伝えるのは、親よりもむしろ祖父母の方が適役だと思います。

また、「これだけは私が生きている間に、伝えておきたい」と思うものをもっていることは、高齢者にとって明日を生きる張りあいにもなるのではないでしょうか。

私にとってそれは、「台所の戦後史」を書き残すということです。といっても、論文のようなむずかしいものではなく、ひとりの生活者として暮らす中で、戦後、台所がどのように変わっていったかを、自分史とからめて綴《つづ》りたいと思っているのです。

この国では、老人はいたわるものという意識が強く、老人の力を活用しようとしません。でも、いたわられてばかりでは、老人はどんどん退化してしまうでしょう。

老いてたとえ寝たきりになっても、若い人の相談にのったり、自分の体験を語り継ぐことはできるはずです。老人の残存能力をもっと社会に生かすことも、考えたほうがよいのではないかと思うこのごろです。

悪徳業者にだまされない法

高齢者をだます犯罪が後を絶ちません。

誰ともしゃべらない日が続いて、寂しくて仕方がない。そんなひとり暮らしのお年寄りのところへ見知らぬ人が訪ねてきて、やさしい言葉をかけてきたら、「息子だって、こんなやさしいことはいってくれない」と、つい話にのってしまう。それも無理はないかもしれません。

しかし、冷静に考えてみれば、いきなり自宅につきあいもなかったやさしい人が訪ねてきて、心の底からあなたのためを思って何かをしてくれることなどありえません。

また、この低金利時代に「一〇パーセント以上の利息がつく」などといいだしたら、それは間違いなく詐欺《さぎ》だと思ったほうがいいでしょう。ふつうに考えればわかることだと思うのですが、それでも多くの人がだまされてしまうのですから、自分も被害者にならないとはいいきれません。

手持ちのお金を少しでも増やしたい。

それは老いも若きも同じですが、「年寄りだからお金のことはわからない」などといってはいられません。

自分のお金を自分で守る。そのときに頼りにすべきは自分の知識です。たとえ不得意な分野であっても、少し視野を広げて新聞を読んだりテレビのニュースを見たりして、金利のことなども勉強しなければならないでしょう。

こんな時世《じせい》には「もうかりますよ」と、甘い言葉でお金を引きだすだまし商法も増えますから、欲張るよりもまず知識をつける。そのうえで、いい悪いを見極《みきわ》める「判断力」をもちたいものです。

私もそうですが、年をとると視力が衰《おとろ》えて、新聞を読むのも面倒になってくるものです。けれども、わが身を守るためには、虫めがねを使ってでも該当《がいとう》記事を読んで、頭に入れておくべきだと思います。

また、最近は「屋根を直したほうがいい」「床下の換気が必要だ」などといって、ひとり暮らしのお年寄りの家に上がりこんで、高いお金をとっていく業者も多いようです。業者たちは、家の表札あたりに「ここの住人はだましやすい」という意味の小さなマークをつけて、お互いに情報を交換しあっているとも聞きます。

わが家にも家の修繕をさせろ、植木を切らせろなどと、いろいろな人間がやってきます。幸いうちには昔からなじみの大工さんと植木屋さんがいるので、こう断ります。「悪いけど、うちには親戚以上のおつきあいをしている大工さんがいるの。だからお断りします」と。

断るときのコツは、相手を刺激しないためにも、ケンカ腰にならないこと。それでいて、即刻きっぱりと断る。相手はプロですから、長々と話を聞いていると、巧《たく》みなセールストークに丸めこまれかねません。

電話の場合も同じです。

お墓を買えといわれたら、「うちは○○にお墓がありますから」。有利な投資があると聞いたら、「いま、そんな余裕はありません」と即座に断る。

電話口でまごまごしていてはいけません。

「老後の老後」がある時代

老いは誰もが避けては通れない道、あるいは最後に行き着くところと考えるなら、それを素直に迎え入れ、未知の自分に出合ったときには、そのときの環境に従ってよりよい方法を見つけだしていく。現実の身の処し方としては、基本的にそうするしかないのかなと私は思っています。

私のような年齢のものは、若い時代には老後のことなど思うゆとりはありませんでした。「自分のことは考えるな」「国のために一身を捨てろ」という教育を受けていた戦争の日々、もっとも身近な人を戦場へ送るのを誇りとしなければならなかった生活の中で、明日を計画するなど不可能であったといえます。

やがて中年といわれる年齢になり、ようやく落ち着いて明日のことを考えるゆとりがもてると思ったときには、高度経済成長期という消費の時代に突入。長く続いた物不足の反動からか、欲望を満たしたいという気持ちが高まり、人々は将来の備《そな》えよりも今日の生活の充足感に目を奪われていました。

長い歴史を振り返れば、「高齢社会の到来」ということがわが国で本格的にいわれはじめたのは、ごく最近だといってよいでしょう。

私にしても高齢社会ということに関心をもちはじめたのは、同居していた姑がぼけはじめたのを目の当たりにした六十代に入ったころのことで、おいしいものを食べたり一緒に外国旅行をするなど、家族としてしあわせに暮らしていたころには、そういったことに対する現実味がありませんでした。

そしていま、世界にもお手本がないという、急速な高齢化の時代がわが国に迫っています。長寿はめでたいことに違いありませんが、長く生きればそれでしあわせなのか。また、自分のことが自分でまかなえなくなった人をどう遇するか、つまり平穏《へいおん》な老後のもうひとつ先にある「老後の老後」については、きわめて心もとないのが日本の現状だといえるでしょう。

こういった問題については、これから老いに向かっていく若い世代の人たちに、真っ向から自分に関わってくることとして、考えておいてもらいたいと思うのです。

だから私は、若い人たちに「現在の暮らしを充実させるとともに、明日への設計を忘れないでしてほしい」と、ことあるごとに伝えていきたいと思っています。

それが私たちのように、明日を考えるゆとりなく生きてきてしまったものの役割なのかもしれません。

著者略歴

一九一八年、東京都に生まれる。家事評論家、随筆家。文化学院卒業。文芸評論家・古谷綱武と結婚、家庭生活の中から、生活者の目線で暮らしの問題点や食文化の考察を深める。一九八四年からはひとり暮らし。さらに、快適に老後を過ごす生き方への提言が注目を集めている。

著書には『96歳。今日を喜ぶ。一人をたのしむ』(海竜社)、『96歳いまがいちばん幸せ』(大和書房)、『前向き。93歳、現役。明晰に暮らす吉沢久子の生活術』(マガジンハウス)、『あの頃のこと』(清流出版)、『年を重ねることはおもしろい。』(さくら舎)などがある。

人間《にんげん》、最後《さいご》はひとり。

二〇一四年八月一二日　第一刷発行
二〇一五年一月二五日　第八刷発行

著者　吉沢久子《よしざわひさこ》
発行者　古屋信吾
発行所　株式会社さくら舎　http://www.sakurasha.com
東京都千代田区富士見一-二-一一　〒一〇二-〇〇七一
電話　営業　〇三-五二一一-六五三三　FAX　〇三-五二一一-六四八一
編集　〇三-五二一一-六四八〇
振替　〇〇一九〇-八-四〇二〇六〇

装丁　石間　淳
写真　高山浩数
編集協力　ふじかわかえで
印刷・製本　中央精版印刷株式会社

ISBN978-4-906732-85-2